第二版

現代應用文

社會生活必學技法，讓你一學就上手

Modern Chinese Correspondence

信世昌 主編

信世昌 舒兆民 陳懷萱 林金錫 林巧婷 合著

五南圖書出版公司 印行

凡例

一、本書編輯的目標，在依循學習心理歷程，透過設計的教學流程安排，了解中文應用文的寫作格式與意義，也包括了其所內蘊的相關文化思維。

二、本書所及的內容，以現代化實用性為考量，分為三大主要部分，即三篇「總論」、「個人文書」，與「社交書信」。選定「名片」、「履歷」、「自傳」、「私人信函」、「事務信函」、「中文電子郵件」、「英文履歷」等為主要的學習內容。

三、本書使用的對象以中學到大學生為主，也可為社會人士之用，亦適合為學校課程教科書之用。本書以教學實用為導向，非資料鋪陳，因此，範例多為解說討論之用，並不如一般應用文書籍的多量，每章約有四至十個範例，部分精選範文為供作主題賞析。

四、本書的特色，除了應用文的寫作格式，以及寫作詞彙用語學習外，編寫的特色以教學為導向，內容加以縝密編排設計，為符合現代應用文書之用，詞語使用與功能介紹以實用性為主要考量重點。

五、本書各章的節次安排，為能符合學習心理認知，首頁陳列該章各學習節次，從「思考問題」提問起，各教學主題穿插學習活動與小測驗，並佐以單元範例的閱讀，深入了解各單元的要點與實用意義。各活動中，大量引導學生思考與實作。

六、本書各章後均設計測驗題或作業活動，為鞏固學習成效與反覆思維練習，各章末的測驗與作業，反映該章的主要內容，從練習與實作觀察學習成效，並且藉以活絡師生間的學習交流。

七、本書在必要的部分，加註或輔以「文化小檔案」與「學習要點提示」等的說明，以深化了解應用文書的深層與外顯的真義，從思維與文化入手，並非僅僅是應用文的書寫仿作，更要強化認識中華文化與交際語言的交互影響。

八、本書附錄所列為「用語查詢」、「柬帖」、「讀書計畫」等實用性強的資料，可供使用者隨時查詢運用。

九、本書若為教科書之用，可為一學期或一學年，每週兩小時的教學用書，建議的學習總時數約為三十六至七十二小時，依教師安排的活動、或實作、或討論等等課室教學而有所增減。

十、本書如有疏漏之處，敬請　教師、學界先進惠予指正。

自序

本書名之為「現代應用文」，顧名思義，是一本用於教授現代常用到的應用文體之教學課程，一般坊間已有諸多應用文的專著，而本書的特色有三：一是注重教學的順序過程與步驟，每章都循著學習的順序而設計，而不僅是資料的堆砌；二是本書以現代常用的應用文體為主，除一般書信外，還包括了卡片、電子郵件與履歷表等文體，一般已非大眾常須親自撰寫的文體則不在其列；三是本書以推廣應用文寫作為目的，以淺顯易懂為原則，期在傳統應用文式微的當代能發揮一些正規應用文的推廣助力。

然而本書卻是緣起於一項針對外國人士的華語寫作計畫，筆者自一九九〇年代的中期開始從事對於外國人士的華語文教學工作，深覺外國人士學習華語一向以聽力、會話與閱讀為主，在中文寫作方面常有不及，因此亟需一套以實用為導向的中文寫作訓練，因此於二〇〇〇年開始，筆者申請了一項國科會計畫，計畫名稱為「華語文寫作教學網」，原先的目的是發展一套透過電腦網路來教導外國人士的中文應用寫作教學課程，該計畫執行兩年，發展出一套可在線上學習的華語文寫作教學網，研究團隊並曾在臺灣師大的國語教學中心開設此實驗課程，藉以探究外國人士學習華語寫作的教學方式。

然而有趣的是：筆者居然意外地陸續接到許多來自中國大陸人士的電子郵件，得知他們在網上搜尋到這個網站，課程中的一些傳統應用文的用語格式及文化禮節是他們從未學過的，有多位大陸的老師並將之用於當地的中文教學上，筆者才恍然知悉這些中文的傳統文體不僅是外國人可學，連以中文為母語的中國人也到了亟需補強的地步了。由於中國大陸歷經破四舊與文化大革命等一連串的反傳統運動，幾乎將中國的傳統切割殆盡，文革結束的數十年之後，如何尋回傳統的根源內涵及傳統的禮儀規範已是當務之急。而臺灣的國文教育雖然一直以中文的傳統為根基，但是在西方文化及英語的影響之下，社會大衆逐漸習於西方的表達方式，而對傳統文體產生了隔閡。有鑑於此，在教導外國人之餘，回頭撰寫一本針對本國人士的應用文教材自有其意義。

本書特別強調教學之過程，每章大致依據思考活動、教學活動、範例呈現、寫作活動、作業與評量等之順序安排。在編排格式方面，儘管現今社會受電腦及英文的影響，中文橫排的情形逐漸增多，本書作者群考量再三，為保存與傳布中文的傳統規格，依然採中文直排方式，本團隊認為電腦僅是工具，沒有必要將傳統的民族語文去遷就英文式的電腦工具，更無必要改變本國語文來迎合外文的規格，但書中亦舉出文體橫排的中英文例子作為參考。

本書的共同作者包括舒兆民、陳懷萱、林金錫、林巧婷，都是筆者當初主持國科會計畫的研究團隊成員，他們都是臺灣師範大學華語文教學研究所的博士生或碩士畢業生，具有中文系或外文系的背景，並皆有教導外國人士華語文的豐富經驗。整個團隊是以華語文教學設計為長，並不敢自詡為應用文的專家，但是皆有志於傳播中文應用文寫作的文化內涵。本書的內容是大家共同討論合力撰寫而成，因時間緊迫，其中必有錯誤疏漏之處，尚祈方家不吝賜教，讓本書往後的版本能有所改善。

國立臺灣師範大學華語文教學研究所

信世昌 謹識

目錄

第三篇　社交書信

第一篇 總論

本篇內容

第一章　應用文概說

本單元學習重點

1. 了解應用文的八大意涵。
2. 體認應用文所蘊含的社會文化。
3. 分析現代的中文應用文所受到的西化影響。
4. 思考如何能堅持民族的語文傳統又能迎合現代的需求？

大綱

一、應用文的意涵
二、應用文的演化與創新
三、應用文的使用問題
四、應用文的文化內涵
五、應用文的格式問題
六、應用文的教學

前言

「應用文」一詞，顧名思議，是指具有實際用途之文體，有其實用的目標及針對的對象，具有個人表達及人際往來之特色，亦具有固定的規範與格式。

世間的文體甚多，而應用文自有其範疇，但應用文的範圍卻甚難界定，許多常見的文體不見得屬於應用文之列，例如屬於文學創作類的小說、散文、戲劇、詩歌都是純文學的範圍，就與應用文無關。而類如歌詞與劇本，雖有具體之用途，亦有其規格，但屬於表演藝術的領域，不涉及人際互動往來，也不被視為應用文。至於報紙社論、短評與讀者投書等，除表達意見之外並無固定規格與應用目的，一般並不視之為應用文。

廣義的應用文可謂包羅萬象，舉凡新聞文稿、契約、廣告、企劃書、訴訟狀等等皆可屬於應用文，但這類文體往往是為特定職業或特定情境之所需，多非一般大眾皆須具備的能力，例如新聞寫作雖已成為固定的文體，但多半只有記者才有此寫作需求，並非一般大眾的行文，至於法律的各種訴訟文體，或可列入應用式的文體，但亦非一般大眾日常所用。

而現今一般所謂的應用文，或可稱為狹義的應用文，是指一般社會大眾在生活上不免會使用到的文體，例如私人書信、事務信函、卡片、柬帖、契約、題辭、名片、履歷表等等，多用於人際交流的方面，具有直接針對的互動對象，有其特殊的格式用語；或是具有單向表意的功能，但沒有特定的對象，例如名片，對聯等等。這些文體用途廣泛，使用的人多，因此一般的應用文書籍多以狹義應用文為內容主體。

應用文並非中文所獨特具有的文體，世界各國的語言均有不同格式的應用文，雖或有繁簡雅俗的差別，但只要是人類文明的社會，隨著人際溝通與解決事務的需要，都自然會產生出應用性質的文體，亦必有其特別的格式及用語，例如英文的書信雖不同於中文，但亦有其規格及慣用語，學習應用文不僅能應付實際的需要，亦能增進人際溝通的效果，也能習得應用文所蘊含的文化與禮節，是現代人應具備的語文素養與知能。

一、應用文的意涵

應用文是一種著重實用性質的文體，儘管其文體複雜，格式繁瑣，但其應具備下列八種內涵：甲、實用性；乙、目的性；丙、針對性；丁、說明性；戊、溝通性；己、禮貌性；庚、文化性；辛、典雅性。茲簡述如下：

甲、實用性：具於實際的用途，屬於實用性的文體。僅作為個人表達意見的文體並不算應用文，而純文學的創作亦不屬之。

乙、目的性：具有實際欲達成的目的。目的性是應用文的特徵之一，例如書信是為了達到與特定的對象溝通的目的，名片是為了表明自己身分為目的。

丙、針對性：有針對的致送對象。應用文必有針對的對象，此對象可能是特定的個人，亦可能是特定的單位，或特定的群體，例如一般私人書信的對象是親朋好友，商業文書的對象可能是某個公司單位，履歷表的致送對象可能是求職單位或大學系所的主管。

丁、說明性：以表達並說明事理為主。應用文的內容是以傳情達意為主，並且要能將事情以最簡明的方式敘述清楚。

戊、溝通性：是一種用於人際溝通的表達方式與格式。是以約定俗成的格式及用詞來進行人際溝通。

己、禮貌性：用詞與規格必須合乎社會的禮節。由於此文體用於與特定對象溝通，必然牽涉到社會習俗中的人際關係，因此必須合於人際關係的禮節，對於遠近、親疏、輩分、職業都要有其適當的表達方式。

庚、文化性：應用文是一種文化的載體，其間蘊含了極豐富的文化，尤其表現在與婚喪喜慶相關的應用文中。

辛、典雅性：其內容及敘事傾向使用較為典雅的語言，要能夠展現出當時的社會交際較為高雅的一面。

合宜的應用文應至少具備上述八種特性，因此在應用文的閱讀與寫作教學方面，應特別把握這些重要的內涵。

二、應用文的演化與創新

應用文從古到今，隨著時代的演變與社會的變化，一方面許多傳統文體逐漸式微，但新的文體又不斷產生，例如中國古代的詔書奏冊等應用文體到了現代早已消失，而現今常用的卡片、履歷表與電子郵件卻是古代所無而新產生的應用文體；另一方面，即使是古今皆有之文體，其格式用語亦隨時代而有變化，例如自古到今皆有私人書信，但是信中的稱謂語與敬詞，古今的用法就不同。又例如古代的官方文書之規格也必定與現代的政府公文大異其趣。

約在一千五百年前，南北朝劉勰所撰的「文心雕龍」一書所列的有韻及無韻的二十一類文體中，至少有頌讚、祝盟、銘箴、誄碑、哀弔、詔策、檄移、封禪、章表、奏啟、議對、書記等文體與應用文有關，但現今大多已式微或消失不用，主要原因或由於政治的變化，或因社會習俗的演變，或因表達方式已改變，例如帝制的消失導致詔策、封禪、奏啟等文體即不再使用。

即便是近半世紀來，中文應用文的變化亦極大，早先讀書人至少應具備的書寫能力，諸如題辭、對聯與慶弔文等，在數十年前仍是許多讀書人能夠親筆為之的文體，以往的輓聯也多是由親屬朋友親自撰寫，顯示出當年讀書人的國文造詣與根柢，但現今已少有人能親自為之而逐漸式微了，這或許反映了中文程度的低落外，也反映出這幾十年間的社會的需求有很大的差別，可見應用文身處於社會之中，勢必隨之浮盪而有所變化。

然而，儘管社會變化快速，應用文亦有其緩慢不變的一面，應用文竟也和婚喪喜慶等禮俗一樣，也保存著較為傳統的規格，例如文言文的使用就是應用文的特徵之一，許多應用文體仍以文言文的文句為主，例如請帖與訃聞即是，而正式的公文也趨向於文白夾雜（實際上應是介於白話與文言文之間的文體，或是行文嚴謹的書面語）。

應用文的演變也有繁化與簡化兩種趨向，例如電子郵件與卡片就是現今社會講求方便快速而將正式書信加以簡化的方式。但也有些應用文體變得更為繁複，例如契約或招標案的公告說明，為顧及法律層面，其敘述必須面面俱到沒有破綻，其條文遠比古代繁複，而一般的企劃案，更動輒數十頁或上百頁。

總之，應用文隨著時代有其變與不變，現代人在應用文寫作方面必須能依循現代的規格，迎合社會的變化，但在應用文閱讀方面必須能夠力求寬廣，古今皆宜，能維持傳統而不墜。

三、應用文的使用問題

應用文的使用幾乎無所不在，只要是人與人之間的書面溝通多半屬於應用文例如一般的書信、賀卡、電子郵件等。而單位機構之間的書面往來也必然是應用文，例如公文、契約及商業書信等等，其用途極為廣泛。

(一)正式與非正式

任何的文體都牽涉到正式或非正式的寫法，實質上，所謂的正式與非正式並非明確的二分法，而是有如光譜般逐步漸進的。通常所謂正式的文體必遵循著嚴謹的格式與慎重的措詞，避免發生失誤，在一般的應用文體中，事務信函、契約、履歷表及柬帖最為正式，而私人信函次之，電子郵件與卡片之用字遣詞較為寬鬆，多屬於非正式的一端。但是無論是否為正式信件，其必然都有合乎禮節的表達方式，也該有合宜的措詞，即使是現今大量隨意發送的電子郵件，其措詞用語也應有所節制。

(二)親筆或代筆

現今許多種類的應用文已轉為代筆的方式，由專業人員來代擬，例如婚喪喜慶所用的應用文體，包括喜幛、喜帖、訃聞、輓聯等，多半由專業公司依固定格式來代為擬稿致送，不必當事人親自撰寫，甚或題辭柬帖之文句亦由專業代辦公司負責。換言之，以往是讀書人普遍親自為之的文體已成為由少數專業人士代勞之事。但是唯有書信、卡片、電子郵件等文體仍為社會大眾普遍親自書寫之文體，自有學習之必要。

此外，現今社會也產生了新的應用文需求，例如在申請工作或申請學校多要求寄送履歷表與自傳。而紙筆書寫的信件已大量減少，多改為打字簽名信或電子郵件，這些新的應用文體也必然有其格式用語及禮節，不能輕忽。

四、應用文的文化內涵

現今提倡應用文的學習，不僅是為了務實的目的，甚且是為了傳統文化的保存與發揚，表面上，應用文既然屬於實務型的文體，既不作純文學的感性呈現，亦不必深入說理，理當不及於文化層面。然而，實際上恰巧相反，應用文的格式和遣辭用語，正反映出人際溝通上的一種禮貌與儀節，這種以固定的格式來呈現禮節的方式正蘊含了豐富的社會文化在內，甚而成為保存文化的一種方式。例如婚禮或年節所用的吉祥話，以及訃聞上所列出的親屬排序即是如此。

(一)人際倫理的表達

在中文應用文裡，最能顯示出中國人對於人際關係及倫理的觀念，許多用語格式都與人際親疏有關，對於不同的對象要用不同的詞彙，有一套嚴謹的規範。

一般構成倫理的原則有三：一是基於年齡或輩分；二是基於彼此的親疏關係；三是基於身分與地位。對於不同關係的人在應用文裡有一套固定的格式與詞彙，表現出人際倫理的觀念及禮儀。

在年齡輩分方面，大致分為長輩、平輩及晚輩，在稱謂敬語等都各有不同的用字遣詞，例如對於長輩的提稱語可用「尊鑑」，對於平輩則用「大鑑」、對於晚輩可用「青覽」，各有不同，不能混淆或誤用。

在親疏關係方面，則包括了親屬、師生、工作關係等，亦有不同的用詞，例如對於自己的朋友之提稱語可用「某某同學台鑑」或「雅鑑」；對於自己的老師可用「函丈」或「壇席」；若對於自己的同學，則可用「硯席」。

在對於收信人的職業及身分方面，針對教育界、政界、軍界、商界等之用詞亦有所區別，例如書信的信末祝安語，對於教育界人士可用「順頌文綏」；政界可用「恭請鈞安」；軍界可用「敬請勳安」；商界則用「敬請籌安」，亦各有區分。

(二)禮節的展現

傳統的書信可謂禮節周到，其中包含了豐富的禮節，一封信在稱謂之後，必緊接「提稱語」，例如：

「某某同學惠鑑」；而在開始敘述之始則先加「啟事敬辭」，例如「敬啟者，月前收到來信如何如何」；而在信末必加「敬語」及「祝安語」，例如「耑此○奉達敬頌○時綏」，最後寫上自己的名字時還要加上署名敬辭，例如「某某人拜啟」。最後也經常加上「附候語」，表達對於收信人的親人之問候，例如：「令尊大人前，祈代請安，不另」。

這些都力求在字裡行間展現出對他人應有的尊重，並照顧到應有的禮節，而這些用詞都有一定的類別可循。（詳細內容可查閱本書之「用語」與「私人書信」兩章）。

㈢傳統文化的保存

論語八佾篇有云：子貢欲去告朔之餼羊。子曰：「賜也，爾愛其羊，我愛其禮」。孔子所強調的「禮」，是一種形式固定的儀節，代表其背後的文化及傳統，即使實質內涵已消失，但保有其原來的形式，就形成了一種文化的記錄，並且名未亡則仍有恢復傳統實質的可能性。

人類本來就善用儀式來記錄曾經存在的事務，用傳統禮俗來保存既往的文化，例如臺灣的傳統婚禮習俗極為繁複，即使現代社會男女在訂婚前就早已相識，並且雙方家長已經許諾婚事，卻仍要找媒人去提親，而婚禮及結婚證書上的介紹人也多非雙方最初認識的真正介紹人，這些都是不具實質作用但又遵循的儀節，而應用文裡的傳統格式用語亦有如此之作用，許多看似咬文嚼字的詞語其實都有文化的底蘊在內，例如在訃聞上必有「族、鄉、學、世、友、寅、戚等七字橫排列於「宜哀此訃」之上，表示了人在社會上的七種關係。

一般人類社會以婚喪喜慶所保留的傳統最為豐富，而與此相關的應用文亦特別具有傳統的特色，因此一般人類學的族群文化研究多從其婚禮、喪禮、或慶典儀式來探查其習俗，中文與這些婚喪喜慶有關的應用文體甚多，類如喜帖與紅包上的用詞、訃聞與輓聯的寫法等等皆是，這都是華人社會大眾應共同知悉的。

事實上，不只是中文，在日文與韓文中也保存了嚴謹的應用文之格式與用詞方式，這都表現出在日本與韓國社會中的人際關係及傳統習俗，其嚴謹程度不亞於華人社會。

五、應用文的格式問題

㈠中文的直排傳統

中文的直排與橫排的問題是應用文的爭議之一，中文傳統的應用文當然是一律直排的，但現今受到英文與電腦的影響，導致語文使用的習慣改變，人們逐漸習慣橫排書寫或閱讀，因而使書信柬帖等應用文也受此影響，這是個值得探討的議題。

全球語文的排法基本有三類，可分為：從上而下的直排、由右而左的橫排及由左而右的橫排。東亞地區的語文傳統是由上而下的直排，例如中文、日文、韓文、蒙古文、滿文、西夏文等皆是；而中亞及西亞地區的語文是從右到左的橫排，例如阿拉伯文、波斯文與希伯來文等皆是；而起源於歐洲地區的語文則都是從左到右的橫排。但是經過數個世紀以來的西方帝國主義的影響，歐洲的文字符號擴張至全世界，一方面將世界各地原本「有音無字」的語言都以羅馬字母來書寫或記音（例如馬來語、大洋洲及非洲的各種語言），另方面對於原本已有書寫符號的語言以羅馬字母取代，例如越南文即是。對於東亞的語文而言，其文字系統雖未被取代，但是語文的表面規格卻受制於歐洲語言，例如以羅馬字母當作記音的符號，而原本直排的傳統也受到巨大的衝擊，產生了由左而右的橫排現象。至今僅有西亞的語文尚能緊守其傳統規格，仍保持由右而左的橫排方式，不受歐洲語文的影響。

事實上，中文自古以來都是直排，早期從商代甲骨文到周代金文皆為直排，漢代的竹簡亦是以文字直排方式編成，至魏晉之後寫於紙上或刻於碑上的任何文字亦都是直排，絕無橫排的格式，此直排的方式亦影響了周邊鄰近的語文，包括傳統的日文、韓文、滿文及蒙文等皆是直排，形成了廣大的直排文字的區域。

或有人認為店家的招牌、匾額或對聯的橫聯不就是橫排嗎？但實則這些似為橫排的背後規格亦是直排的，其採用的方式是一行只寫一個字的方式，以表現出標題的地位，但後面若有小字題款就一定是直排的，由此可看得出其整體仍是直排的格式。

(二)中文橫排的現象

但到了現代，為何中文會突然發生橫排的現象並且越為流行？有三個重要原因：一是近代反傳統的運動；二是受西方語言的影響所產生的迎合作用；三是受到電腦的影響。

近代反傳統的思維一般認為是起自民國初年的五四運動時期，儘管伴隨著五四運動的白話文運動對於我國的語言傳統產生重大的影響，但事實上，當時並未有中文橫書的普及現象，直到一九五〇年代開始，由於中國大陸一連串的政治運動，更進一步將中文的傳統都視為保守封建，所以簡化字、漢語拼音、及中文橫排等語文政策基本上都是循此意識型態的產物，將中文原本的傳統加以廢棄或改變。

但是在中國大陸之外的各地，包括臺灣、香港等地，也逐漸產生橫排與直排並行的現象，甚至連日文與韓文也逐漸產生了橫排的現象，其主因並非反傳統，而是受到英文及電腦的強勢影響。

英文是現今的強勢語言，其影響所及固不待言，但是電腦的普及更使得英文如虎添翼，使得英文的格式及用法能夠更深入地影響整個社會的習慣。凡是用電腦打字的文件絕大多數都是左右橫排，大量橫排的文件影響人們的閱讀習慣與寫作習慣。儘管電腦是工具，但卻是根基於英文的工具，在電腦上的語文處理方式，基本上是遵循著英文的規格與傳統，例如電腦鍵盤是英文打字機的鍵盤，螢幕的文字呈現基本上是由左到右的橫排，當人們大量使用電腦時，不論是閱讀網頁資料、使用文書處理、進行中文排版，或書寫電子郵件等等都是習於橫排的方式，久而久之其中文閱讀及寫作的習慣就受到薰染，影響所及，橫排式的中文就越加普遍了。

然而讓我們考慮的是：為何一個可行之數千年的方式要特意加以貶低或改變呢？為何一個語言要遵循其它外國語言的規格呢？而為何一個民族的語文傳統要受到電腦工具的左右呢？

正確的觀念應是保存自身的語文傳統，不必去迎合外語，並發展電腦科技來迎合中文的需求，而非改變中文去迎合電腦工具，因此在應用文的書寫及使用方面亦應秉持著同樣的概念。

㈢現代應用文受到外語的影響

現代應用文的文體雖然保存了不少中文的傳統，但也受到西方的影響，有些應用文體是傳統中文裡所沒有的，例如卡片、電子郵件等等。有些文體雖古已有之，但呈現出的方式卻是半中半西的，例如名片與履歷表即屬此類。這類文體的格式與用語也多呈現出外語的影響。

現代人受到西方文化的影響，早就開始使用卡片，例如賀年卡、耶誕卡、生日卡、教師卡等等，這些卡片的用法與寫法多屬中西合璧式，以賀年片為例，其寫法用詞可能是中式的，例如恭賀新禧與鞠躬等字樣，但送卡片的禮俗卻是西化式的。而電子郵件之起始與普及至今不過一、二十年，雖然電子郵件亦屬於信件類別，但一開始就受到電腦軟體的規格及使用者年齡層的影響，而使得電郵中的用詞及內容都有西式書信的簡化趨向。

即使是一般的書信，也多省略了傳統書信中必有的提稱語、啟事敬詞或結尾敬辭。例如「王先生道鑑」可能被省略為「王先生」或「王先生您好」。結尾敬辭也多有簡省的現象，例如原先在信尾的問候語，諸如「耑此敬頌時祺」之類的，也不分親疏身分而一律省略成為「祝好」，這些都與英文式的信末單字祝福語（Best, Regards, Sincerely）頗為神似。

傳統書信的提稱語必在姓名之後，例如「王校長尊鑑」，但現代書信常將提稱語置於姓名之前，可能被寫成「敬愛的王校長」或「尊敬的王校長」（註1）。事實上，傳統式的「王校長尊鑑」之語用「尊鑑」二字已包含了對於對方的尊敬之意。此外，現代人常用的「親愛的」某某人、「敬愛的」某某人，這些都是西化的寫法，可能是受到英語中的提稱語「Dear」之影響。例如「意映卿卿如晤」（林覺民與妻絕別書），到了現代可能被寫成「親愛的意映」。

或許中西併用是語文交流所必然產生的自然現象，但是仍應掌握傳統的用語，以維持人際之間的禮節。

六、應用文的教學

應用文的教學包括兩個面向：一是應用文的「閱讀」、二是應用文的「寫作」，兩者雖可相輔相成，但兩者的教學目標必須加以區分：

甲：應用文「閱讀教學」之目標：

1. 能了解各式應用文體的用詞與規格。
2. 能體會這些用詞與規格所蘊含的禮節與習俗。
3. 能正確了解應用文所表達的意涵，不致誤解。
4. 能讀懂古代各種應用文的內容。

乙：應用文「寫作教學」之目標：

1. 能遵循應用文的體例與格式。

---

1 「尊敬的某某人」並非臺灣的慣用語，而是中國大陸普遍使用的書信及口語慣用法，應是「令人尊敬的」某某人之簡稱。

2. 能因應不同的對象而運用適當得體的詞彙用語。
3. 能展現出典雅的表達方式以益於人際溝通。
4. 能以簡潔文雅的方式陳述意見。

應用文課程的教學方法、講授內容、課後作業、評量考試等都要能夠迎合這些目標。

就語言技能而言，能寫作當然就能閱讀，但僅會閱讀未必能夠寫作，因此「寫作」應作為應用文教學的最上層目標。理想上，應用文教學應兩者兼顧，但是有部分文體僅止於閱讀即可，無須寫作。例如在私人信函方面，就必須兼顧閱讀與寫作兩者之教學，若只能讀信而不能寫信，顯然不符合社會的需求。不過，許多應用文體已少有親自寫作的必要，不見得需要去學習如何寫，例如喜帖、訃聞、題辭、輓聯等等皆屬之，但因其仍是社會上通行常見的文體，現代人仍需了解其義，並其具有文化的內涵，現代人也必須了解其中蘊含的文化禮俗，故仍應講授，但僅止於閱讀教學的層面亦可。

此外，應用文教學應先釐清「應用文內容」與「應用文教學」的區別。「內容」只是文體的介紹及呈現，但若是「教學」就至少要包含下列的層面：

1. 有具體的目的（goals）及目標（objectives）。
2. 有教學的內容及其結構與順序安排（process and sequencing）。
3. 有教導內容的教學法（pedagogy）及策略（teaching strategies）。
4. 有針對的學習者（target learners）。
5. 有評量的方式（evaluation）。

完整的應用文教學課程應包括上列五項層面，但通常應用文書籍固然都有詳細的內容與資料，卻往往沒有完整的教學規劃，沒有明確的教學目標，或其內容的架構並未因學習者而作適度的安排，亦未有內容呈現的順利次第，缺乏教學活動與評量的設計，因而降低了學習的效果，無法實際影響學習者一般日常的使用模式，誠為可惜。基於此，應用文的課程必須兼顧應用文的閱讀與應用文習作，而習作越能接近真實的情境越好。

問題與思考

1. 你最常寫作的應用文體有哪些？有哪些文體會偶爾使用？有哪些文體從來沒寫過？
2. 一個好的應用文內容應該具備哪些要素？
3. 現代中文有哪些部分受到英語的影響？
4. 什麼原因影響了你的中文閱讀書寫習慣（直排與橫排）？
5. 你能不能區分對於長輩及平輩的書信寫法？

第二篇

個人文書

本篇內容

第二章 名片

本單元學習重點

1. 名片上所提供的資料：(1)姓名；(2)工作、職稱；(3)聯絡方式。
2. 學習在社交場合，藉由名片上的資料讓別人了解自己的背景，並提供一些進一步的聯絡資訊。
3. 名片製作重點：清楚呈現個人的基本資訊。
4. 名片的種類：個人名片、商用名片、多種功能名片。
5. 名片的用途：自我介紹、問候、贈禮、邀約、委託。

大綱

一、思考活動
二、名片的內容
三、名片的種類
四、名片的應用
五、作業
六、活動
七、測驗

一、思考活動

(一)誰的名片

你知道這張名片是誰的嗎?他的工作是什麼?他住在哪裡?你從這張名片看到哪些資訊呢?

國立臺灣師範大學
華語文學系
教授

張　正　中

通訊地址:台北市和平東路一段162號
電話:日(02)7763-9123
夜(02)7933-1922
傳真:(02)7362-6926

(1)這張名片是誰的?
(2)你怎麼跟他聯絡?
(3)他的頭銜是什麼?

(二)中西名片的不同

中英文名片對照

中式	臺灣師範大學華語文學系教授（頭銜） 台北市語言學會會長（機構） 張正中 地址：台北市和平東路一段一六二號 電話：（〇二）七三八八一一一一轉一一一	直式	頭銜、職務在姓名的右方	中文地址寫法：從大單位到小單位，國家→城市→路名→門牌號碼	讀法：從右到左
西式	Peter S. Goodman *Staff Writer*（頭銜） The Washington Post（機構） 1150 15th Street, NW　(202)331-6857 Washington, DC 20071　(800)665-1120	橫式	頭銜在姓名下方	英文地址寫法：由小單位到大單位，門牌號碼→路名→城市→國家	讀法：從左到右

問題與思考

1. 你想一想中西名片還有哪些不同呢？
2. 這些不同跟文化有什麼關係？中國人比較注重頭銜，注重社會上的關係嗎？

二、名片的內容

(一)姓名

一般名片所提供的資訊，最重要的當然是姓名，所以姓名一定放在最顯著的位置，無論是直式還是橫式名片都放在名片的正中間，在較早期名片，有的只寫姓名。

㈡工作機構、頭銜

除了姓名以外，身分也是重要的資訊，所以在姓名的右方（直式）或上方（橫式），寫明自己的工作機構及頭銜，工作機構也是從大到小分層寫，先寫學校再寫科系，然後再寫職位。一般習慣將所有頭銜都寫進名片中。

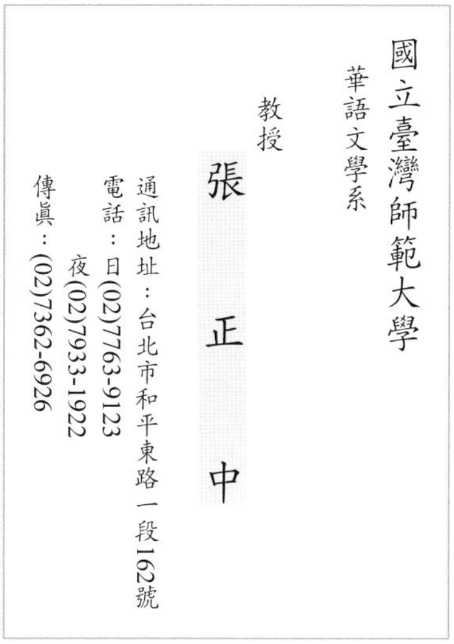

㈢聯絡地址

在名片上為了聯絡方便，也記錄了地址、電話、傳真電話，以及電子郵件地址等，有的除了工作場所的聯絡方式，也同時記載家裡的聯絡方法，現在甚至把手機號碼也寫上，目的都是為了聯絡方便。

問題與思考

名片內容

1. 一般名片包括哪三項資料？
(1)________ (2)________ (3)________

2. 在直式名片上，頭銜的位置在哪兒？
(1) 名字的左邊　(2) 地址的右邊　(3) 名字的右邊

三、名片的種類

㈠個人用名片

個人為了方便介紹自己而印製名片，以提供個人的資料，如果是業務用的，在名片上還提供很多服務的項目或一些廣告詞，如：

(二)商家用名片

有的商家為了宣傳，做廣告而印製名片，所以名片上提供許多方便顧客再次光臨的資訊，如營業的時間、訂位專線，當然最重要的還是店名，以及商品，或服務的項目，有的還在名片上寫廣告詞，吸引顧客。

幸運人壽
台北市和平東路一段162號
電話：0273639555
行動：0933-566666
經理
黃 玉 真
保險・財物規劃・產險
用心做到最好的服務

FGIT First Global Lnvestoent Trust Co.,Ltd
全心全意為您服務
全球第一報信
業務部 襄理
楊 邁 修
全球第一證券信託股份有限公司
電話：(02) 7752-6666 台北市和平東路一段162號
傎爭：(02) 7711-0911 專線：(02) 7789-1234

㈢多種功能的名片

部分牙醫或眼科等醫療診所的名片同時還有其他附加功能，例如兼具預約卡功能。

喜慶筵席・合菜小吃
東北酸菜・白肉火鍋

師大花園餐廳

台北市和平東路一段58巷8號
電話：(02)2351-3304
訂位專線：2363-4875
營業時間：上午11: 00～1: 00
下午　5: 00～8: 00

洗衣の店　方便您的好鄰居

全自動乾洗、水洗、電腦烘乾
皮件保養、地毯、窗簾、自助洗
歡迎加入會員・免費收送

店址：台北市和平東路一段162號　電話：(02) 7789-1426

正面

台北醫學院牙醫學士　新民牙醫診所
門診時間：
早上9 : 00～12 : 00
下午2 : 00～10 : 00
主治醫師
宋　新　民
地址：台北市和平東路一段162號
電話：79331380

反面

約診卡
（因故未能按時就診，請先電話聯絡）

月	日	時間	月	日	時間

問題與思考

1. 業務用的個人名片跟一般名片有什麼不同？
2. 除了增加預約時間的特別功能，你想，不同行業的名片還有什麼其他功能？
3. 請你幫一家咖啡店設計一張名片。

四、名片的應用

名片除了在社交場合可以用來自我介紹以外，也可以用來表達問候之意，或贈送禮品時附上一張名片，註明送禮的人是誰，甚至還可以用來邀約或委託事務，應用起來跟便條有點類似，但比便條更為正式。

應用名片的時候，在名片的空白處寫法如下：

正面：

1. 對方的稱呼。
2. 留名片的日期。
3. 在自己的名字後寫上「致候」、「贈」等簡單的字句，表示問候，或贈送禮物。

反面：

如便條的寫法。

正面

國立臺灣大學
外國語文系
教授
李　大　偉 致候

高偉立先生　9月30日

通訊地址：台北106大安區郡致信箱13-204
電話(02)2363-9123　傳眞(02)2362-6926

對方姓名

拜訪朋友，沒遇見時留下名片給對方表示問候

反面

來訪未遇，甚爲遺憾。得空再來拜訪。

名正具

最後不必寫上自己的名字，因為名片的正面已經有名字了，但是為了表示尊敬，對一般平輩用「名正具」，若是對長輩就要寫「名正肅」

下面有四種不同使用名片的情境：

1. 當面遞交名片：跟初次見面的人交換彼此名片。
2. 留言：訪友未遇，留下名片。
3. 送禮：贈送禮物時，附帶一張名片。
4. 請託：請對方協助時，附上一張名片。

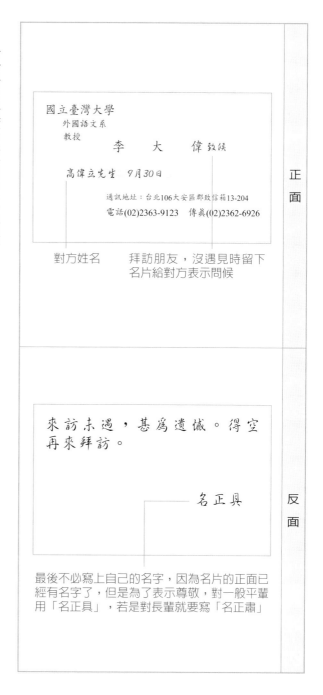

㈠當面遞交

李大偉參加一場學術研討會，在會場遇見許多學術界人士，其中白教授是他以前的指導教授，所以白教授幫他引見學術界一些有名教授。以下是他們的對話：

白：來，大偉，我幫你介紹，這位是台大外文系主任陸教授。
李：陸主任，久仰大名，這是我的名片，請多指教。（雙手遞出名片）
陸：（一邊接過名片看名片，一邊伸出手和李大偉握手）哪裡，哪裡。
　　我在學報上看過你的文章，寫得很好，很有見地。
李：不敢當，請陸主任指教。

這是研究生遞交名片給知名教授的情況，一般來說，教授不會和研究生交換名片，而研究生在遞交名片時應該雙手奉上，並說請多指教。

美國加州大學人類學系
博士候選人
李大偉
美國加州
電話：215-898-6640

問題與思考

看到李大偉的名片，你得到哪些訊息呢？請回答以下的問題：

1. 李大偉現在的身分是什麼？
2. 李大偉現在在哪個大學？是什麼系的學生？
3. 他現在住在什麼地方？他給的資料詳細嗎？
4. 如果你要替自己設計一張名片，你會提供哪些訊息呢？

(二)留言

王文玲是一家投資公司市場開發部的經理，今天他為了談一件生意，去拜訪他的大學學長——李中立，李中立現在是一家電腦公司的總經理，可是王文玲去的時候，碰巧對方不在公司，所以王文玲留了一張他的名片，約定下次拜訪的時間。

名片正面

怡富投資公司開發部
經理
留陳
李中立先生
王　文　玲　敬上
總公司：台北市仁愛路三段十號十一樓
電話(02)2990171134
手機：0900024175

名片反面

茲有事請教，來訪未遇，甚爲
遺憾，明日下午三時將再次登
門拜訪。

名正肅
九月十日

問題與思考

請圈選正確的答案：

1. 這張名片是給　(1)長輩　(2)晚輩？
2. 留給長輩的名片，在名片反面最後寫　(1)名正肅　(2)名正具？
3. 如果想留下名片，在名片　(1)正面　(2)反面　寫下對方名字？
4. 在自己名字的下面寫　(1)留陳　(2)敬上？

(三)送禮

下星期二就是中秋節了，在中國每到傳統的三大節日，如過年、端午節、中秋節，一般公司行號都會送禮物給客戶，親友之間也可以趁這個機會，送禮答謝平常所給的幫助。張中立是一家美商公司的經理，他在中秋節前夕，委派禮品公司送禮給時常往來的客戶－長生公司的李萬財總經理。

名片正面

德州儀器公司

商品開發部經理（臺灣分公司）
張 中 立 上
長生公司 李萬財總經理

台北聯絡處：台北市延平北路一段100號
電話：02-25258484 傳真02-25818500

名片反面

奉上洋酒一瓶及月餅一盒

祝中秋佳節愉快
並祝生意興隆

名正具

問題與思考

1. 如果你是長生公司的李總經理，當你收到這份禮物還有名片上的留言以後，你會怎麼做呢？

(1) 不願意接受別人禮物：

那就應該寫一張拒絕贈送禮物的信或便條，請送禮物來的人帶回去。現在請你幫忙李經理把這封拒絕的便條寫完。

> ＿＿＿兄
>
> ＿＿＿及＿＿＿都已收到，但身體不適合飲酒，美酒留之可惜，現奉還美酒，月餅留下，並感謝厚意。
>
> 弟＿＿＿
>
> 二〇〇六年九月二十七日

(2) 很喜歡對方所贈送的禮物：

那就寄一張感謝的卡片，或馬上寫一張感謝的便條請送禮物來的人帶回去！

> 中立兄：
>
> 「知我者，中立兄也」，中立兄眞了解我的喜好，美酒及月餅都是我所喜愛的，非常感謝。
>
> 弟長生　敬請
>
> 二〇〇六年九月二十七日

2. 你朋友王文華的公司快要開張了，你想送一籃花給他，祝他開張順利，你該怎麼寫呢？

正面

大利貿易公司

經理

張　立　人＿＿＿

通訊地址：台北106大安區郡政信箱13-204

電話：(02)2363-9123　傳眞：(02)2362-6926

反面

奉上花籃一籃

祝　開張大吉

＿＿＿＿

(四) 請託

賀康文教授是美國加州大學政治系主任，他的一個研究生高偉立要到中央研究院做學術研究，所以康教授介紹他去拜訪李明德教授，請李教授給予一切必要的協助。康教授給高偉立一張名片，名片上是這麼寫的：

正面

加州大學東西文化中心研究員

賀　康　文　教授

專呈　中央研究院

　　　李明德　教授

電話：(617) 287-6625

傳眞：(617) 459-9955

當面呈給李明德教授，為了表示尊敬，在前面寫「專呈」。

反面

敝門生高偉立先生將前往　貴研究中心進行研究訪問，請給予協助指導，爲感。

名正肅

問題與思考

1. 賀康文跟高偉立的關係是：(1) 師生　(2) 朋友　(3) 親戚
2. 怎麼稱呼對方的學校：(1) 敝校　(2) 貴校
3. 怎麼稱呼自己的學生：(1) 敝門生　(2) 貴門生
4. 「為感」的意思應該是：(1) 很高興　(2) 很感謝　(3) 很感動

五、作業

1. 名片設計：請同學製作一張屬於自己的名片：包括名字、職稱、單位、聯絡方式，如果你沒有職稱也沒有工作的單位，那你應該寫什麼呢？還有什麼資訊，你想寫在名片上，讓別人一看到你的名片，就能夠認識你？
2. 如果你去拜訪一位朋友，恰巧他不在，你在名片上留言，請你將留言寫在你製作的名片上。
3. 如果你想開一家咖啡館，你想設計一張既可以提供個人資訊又可以作為咖啡店宣傳的名片，你要如何設計？

六、活動

社交禮儀：請學生假設身處在一個社交的場合，當面遞交名片，應該說些什麼？如何推銷自己？

七、測驗

1. 高偉立在圖書館桌上看到一張名片，請回答他的問題：

正面

國立清華大學

中文研究所 所長

陳 學 文 上

留奉

林明生 教授

校 址：新竹市光復路二段101號

電 話：(03)574-2257

電子郵件：chen @mx.nthu.edu.tw

反面

我明天將赴美開會，約兩週後返校，所上事務煩請代爲處理。美連絡電話：(412) 648-7370

9月28日

問題與思考

1. 這是誰的名片？⑴陳學文 ⑵林明生。
2. 這張名片要給誰？⑴陳學文 ⑵林明生。
3. 陳學文的頭銜是：⑴所長 ⑵教授。
4. 誰要到美國去開會？⑴陳學文 ⑵林明生。
5. 你想陳學文跟林明生的關係是：⑴朋友 ⑵同事。
6. 現在是十月一日，如果你要跟陳學文聯絡，你應該打哪個電話？

⑴ (03)574-2257　⑵ (412)648-7370

7. 這張名片的用途是：⑴ 送禮　⑵ 介紹　⑶ 委託。

2. 張正中朋友的生日快到了，可是他沒空親自送禮物，所以他到花店訂了一束花，他把他的名片給花店，請問你應該在名片上寫些什麼，對方才知道這是張正中送的禮物呢？

正面	反面

3. 請看下面這張名片的留言，判斷其用途，名片所有人和收受名片的人彼此是什麼關係？

　　敝門生高偉立先生將前往
　貴研究中心進行研究訪問，請
給予協助指導，爲感。

名正肅

第三章 履歷

本單元學習重點

1. 認識中文履歷表。
2. 中文履歷的用途與種類。
3. 中文履歷的基本結構。
4. 書寫中文履歷的注意事項。
5. 範例。

大綱

一、思考活動
二、中文履歷的用途與種類
三、履歷的結構（內容）
四、撰寫履歷的注意事項
五、範例
六、作業與討論
七、測驗

一、思考活動

你想應徵報紙（見下）上某保險公司企劃專員的工作，你知道中英文的履歷表應該怎麼寫？有沒有什麼特定的格式？你覺得你要怎麼寫你的履歷表，才比較有利呢？

請你和同學們一起討論討論！

佳佳安心保險公司
誠徵工作夥伴

需求人才：企劃專員數名
條件：大專畢或以上
愛心、活力、積極、創意、熱誠
須能配合公司赴海外分公司工作
享勞健保、年終獎金、週休二日、月薪二萬八千起、福利好
意者請備中英文履歷自傳，寄至：pptt@seaadd.neet　王經理
合格者將電話聯絡安排時間面談

二、中文履歷的用途與種類

當你要找工作的時候，平常都要準備你的個人履歷表或履歷卡，給徵求職員的公司或機關。履歷卡是一張小卡片，上面有一些要填寫的基本項目。履歷表是一條條地寫出有關自己的資料，多半是自己書寫或打字上去的。現在常用的中文履歷，除了用在求職以外，也會使用在申請學校的時候，樣式大部分是表格型式的，有直式，也有橫式。

(一)中文履歷的用途

中文履歷的用途，主要是用來求職、升學的，當我們要換工作或想應徵一份新的職務時，公司機關都會需要應徵者提供履歷。比較簡單的格式，就像是履歷卡（詳後文）；詳細一點的，就像是履歷表。

雖然是一張履歷卡或履歷表，但其中的訊息，至少包括了：

1. 個人基本資料，如：姓名、性別、出生年月日或年齡、出生地等等。
2. 聯絡方式，如：通訊處、永久地址、電話與個人行動電話、電子郵件、傳真等等。
3. 學歷，如：畢業的學校及科系、學位。
4. 經歷，如：工作經歷、研究、得獎紀錄等等。
5. 其他，如：特殊專長、相片、應徵職務等等。

這些都應該要具體、清楚地用條列的方式列出來，傳達給徵聘者，達到自我推薦的目的。

(二)履歷的種類

求職或申請入學時，常用的履歷卡及履歷表，下面我們分別來說明。

1. 履歷卡

這是最簡單的形式，通常像一張卡片，有直式，也有橫式，可以在一般的文具店買得到，樣式可以參考下一頁。

履歷卡通常可以在文具店裡買到，依照格式所列項次，一一填列即可，至於「希望待遇」的項目，如非特殊狀況，通常是填寫「依公司規定」即可。

【直式履歷卡】

姓名		性別		貼相片處	
年齡					
籍貫					
學歷					
通訊處					
曾任職務		應徵職務		希望待遇	

【橫式履歷卡】

姓　　名		性　　別	
出生年月日		婚姻狀況	
地　　址			
電　　話			
學　　歷			
專　　長			
曾任職務			
應徵職務			貼相片處

2. 履歷表

這是根據求才公司或機構的要求，以及個人的情況，由自己設定項目，再去製作填寫的，內容比履歷卡詳細。

現在個人電腦使用十分普遍，這類履歷表也越來越多，設計的風格也多樣化、精緻化。一般來說，這種中文履歷表的內容，除了履歷卡上的內容外，還增加外語能力、簡單的自傳與希望應徵的工作等等。

履歷表書寫，有的採用表格的，有的是採用條列而不畫表格，現在中文履歷，大部分是自己用電腦打製的，可以自己決定採用那一種樣式。

履歷表的樣式，請見下表（註1）。

1 列出自己的學歷與經歷時，由現在往前追溯的方式，一項項列出來。詳見本章範例。

【履歷表】

（姓名）

____

聯絡方式

____

應徵職務：____________________________________

出生年月日：_________年_________月_________日　　　　　性別：______

出生地：______________________________________

學　歷：

19xx—19xx______________〇〇大學__________________碩士

19xx—19xx______________〇〇大學________________畢

經　歷：

____

____

研究及獲獎：

____

專長：

____

外語與特殊技能：

____

三、履歷的結構（內容）

履歷為了讓人讀起來清楚、有條理，結構上都是依照項目條列出來的。各個項目可分成幾個類別：

1. 個人基本資料，如：姓名、性別、出生年月日或年齡、出生地等等。
2. 聯絡方式，如：通訊處、永久地址、電話與個人行動電話、電子郵件、傳真等等。
3. 學歷，如：畢業學校及科系、學位。
4. 經歷，如：工作經歷、研究、得獎等等。
5. 其他，如：特殊專長、相片、應徵職務等等。

下面我們將介紹常用的「履歷表」及「履歷卡」的結構。

(一)履歷表

履歷表比履歷卡的項目多，內容也比較詳細。

1. 個人基本資料，如：姓名、性別、出生年月日或年齡、出生地等等。

(1) 姓名：填上中文姓名，如果為外籍人士，則再加填外文姓名。

(2) 性別：填寫「男」、「女」。

(3) 出生年月日或年齡：寫上自己的出生日期，有時是填寫年齡。

(4) 籍貫或出生地：寫出出生的地方或國籍。

(5) 身分證字號或護照號碼：將身分證號碼填寫上去，而外國人，就填寫護照號碼。如果是表格上要求填寫身分證字號，那麼就填上護照號碼，並註明這個號碼是護照的。

2. 聯絡方式，如：通訊處、永久地址、電話與個人行動電話、電子郵件、傳真等等。
(1) 通訊處：填上最容易聯絡到的地址。
(2) 永久地址：通訊處可能是暫時的，為了以後聯絡方便，有必要寫上永久地址。
(3) 電話：寫出通訊處和永久地址的電話，或個人行動電話號碼。
(4) 電子郵件地址。
(5) 傳真電話號碼。

3. 學歷，如：畢業學校及科系、學位。
(1) 畢業學校：寫上最高學歷以及次高學歷的畢業學校與科系。
(2) 學位：畢業後取得的學位。

4. 經歷，如：工作經歷、研究、得獎等等。
經歷或自述可將以前的工作經驗、地點與職務填上，從最近的職務寫起，再一一介紹過去的職務，詳細寫出來。
也可以將與應徵工作有關的經驗一一寫上，再寫其他的工作經驗，時間都從最近的先寫。

5. 其他，如：特殊專長、相片、應徵職務等等，以及備註資料。
(1) 專長：填寫自己所有的專長，而徵人的公司機構所需要的特殊才能（如：語文能力等等），應優先寫上。
(2) 應徵職務：寫出想應徵的工作或職位。
(3) 貼相片：將最近的相片貼上。
備註：如還有其他資料，可以在備註項目下註明，如：緊急聯絡人、推薦人、個人興趣、或社會活動義工等等。

請看看下面這個例子，注意它的編排情形。

包濟民

臺灣南投縣

××街××巷××號

電　話：0962-××××

傳　眞：04-88×××××

E-mail: charlesbb@kribms.yoss

性別：男

出生年月日：1992.03.22

出生地：高雄市

學　歷：

　　2010—2014　〇〇大學應用中文系畢業

　　2007—2010　〇〇高中畢業

經　歷：

　　2016—現在　瑞士〇〇〇銀行行員

　　2014—2016　〇〇〇大學研究助理

　　2012—2014　〇〇大學工讀生

專　長：

　　漢語研究、中國文學、文學理論

語言與特殊技能：

　　華語：可。　英語：熟練。

　　特殊技能：歌劇

　　電腦技術：SAS, SPSS, C+, Dreamweaver

備　註：

　　曾任醫院義工。

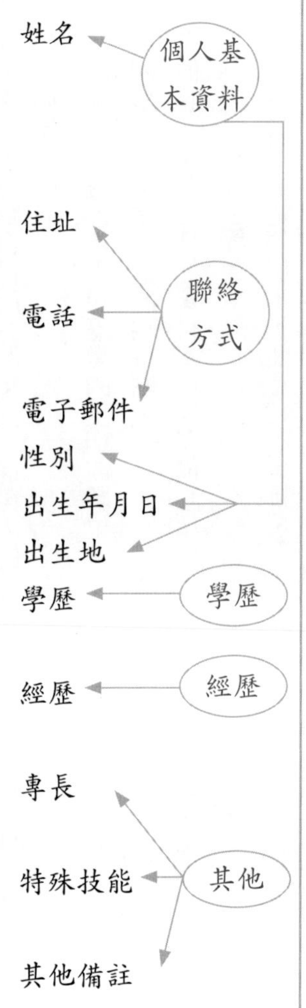

(二)履歷卡

大約有以下幾項，有的履歷卡會有一點不同，但主要的項目，卡片上都找得到。請比較下面這個例子和「履歷表」的異同。

姓名	王小倩	性別	女	貼相片處	
年齡	十八歲				
籍貫	臺灣、雲林				
學歷	新北市○○高中畢業				
通訊處	新店市光復路一六四號				
電話	02—8264xxxx	身分證字號	K6678XXX		
曾任職務	輔導室工讀	應徵職務	超商店員	希望待遇	依公司規定

1. 姓名：填上中文姓名，如為外籍人士，則加填英文姓名。
2. 性別：填寫「男」、「女」。
3. 出生年月日：填上出生日期，有時是填寫你的年齡。
4. 出生地或籍貫：寫出你出生的地方。
5. 學歷：寫上最高學歷以及學位。

6. 通訊處：填上最容易聯絡到的地址，也可以加上電子郵件信箱號碼。
7. 電話：寫出聯絡的電話或個人行動電話號碼。中國人多半也會留下自己家裡的聯絡地址和電話。
8. 曾任職務：將以前的工作經驗、地點與職務填上，與現在要應徵的工作有關的經驗，最好能詳細寫出來。
9. 身分證字號：將字號填寫上去，如果是外籍人士，就將護照號碼填上，並註明是護照號碼。
10. 應徵職務：寫出想應徵的工作或職位。
11. 希望的待遇：通常不直接填寫希望的待遇，而會寫上「按公司規定」。
12. 貼相片：將最近的相片貼上。

文化小常識

中國人在求職或申請入學的時侯，在履歷表（卡）上，大多會提供自己的出生日期、出生地，一方面是中國人重視根源，家鄉是哪裡，也就是自己是從哪裡來的，另一方面是要徵聘人的機關或公司，也可以由此去了解求職者過去的表現。

對於婚姻情形，還有私人居住的地址與電話等等，都不會認爲有什麼忌諱或不妥的，這和其他地方的習慣可能不同。這些比較私人的項目，在履歷表上都會提供給徵人的公司或學校機關。

四、撰寫履歷的注意事項

應徵職務的時候，多半需要附上相關的證明文件影本，例如：畢業證書、工作證明或身分證件等影本。所以在填寫履歷時，內容要清楚，而且正確。履歷書寫的好壞，影響應徵者能不能順利獲得錄用，甚至也影響錄取以後的發展，因此，履歷表應該要謹慎填寫。

以下是撰寫履歷表時，需要注意的幾項要點：

1. 真實正確：履歷表應真實正確反映應徵者資料，不宜過分誇大或太過謙虛，應適當而得體地表現自己。
2. 先了解應徵的工作性質和條件，在填寫時，與工作性質較有關的學歷、經歷、專長等，要詳細填入，使徵聘者留下深刻的印象。
3. 履歷表的項目，大多是固定的資料，不必運用特殊的寫作方式，也不是寫作文，只要掌握重點，文字流利順暢就可以了。
4. 應徵工作的層次越高時，最好採用「履歷表」，項目也要越詳細越好。
5. 履歷表中最重要的就是學歷和經歷，填寫時，由現在寫到過去。經歷方面，也可以分成「主要工作經驗」與「其他工作經驗」兩個部分。與應徵工作性質相關的，可在「主要工作經驗」項目中條列出來，「其他工作經驗」，則是相關的工作經驗，再分別條列出來，供徵聘機關的參考。
6. 打字或書寫履歷表時，格式段落要整齊清楚，字體不宜太過潦草。自己製作設計時，美觀大方，不要太花俏，編排時留點空間，不要太擁擠。
7. 履歷表通常是兩頁，不要太多。

五、範例

㈠履歷卡（應徵「學校工讀生」工作）

姓　名	葛蘭心	性　別	女
出生年月日	1991.06.14	婚姻狀況	未婚
地　址	台北市東X路9巷1325號7樓		
電　話	(02)9876-5xxx轉10 手機：0912-xxx-xxx		
電子郵件	aaazrs@ppphmoe.com.tw		
學　歷	○○大學○○學系畢業		
專　長	中文文書處理、西文圖書管理 東方哲學		
曾任職務	大學圖書館義工 超級商店店員	貼相片處	
應徵職務	○○大學文學院圖書室		
希望待遇	（依學校規定）		

(二)履歷表(應徵幼稚園美語教師)

履歷表

姓名	史ＸＸ			性別	女	貼相片處	
年齡	23歲						
出生地	加拿大、多倫多						
身分證字號	M12345ＸＸＸＸＸＸＸ						
通訊地址	台北市大安路○○○號						
電話	(02)6365-ＸＸＸＸ						
永久地址	台中市ＸＸＸＸ路ＸＸＸＸ號						
電話	(04)8470-ＸＸＸＸ						
健康情形	良好	血型	B	身高	155公分	體重	48公斤
學歷	加拿大多倫多大學幼兒保育系畢業						
經歷	台北家佳幼稚園褓姆 寵物店工讀 班代表						
專長	幼兒保育及幼兒英語教育						
應徵職務	兒童美語教師						
希望待遇	依公司規定			供食宿	是(√)否( )		
備註	希望能夠與園長或幼稚園管理人約談						

文化小常識

中文履歷表，如果是從文具店買來時，表上會有固定的表格和要填寫的內容，有些項目，如：健康情形、血型、身高、體重等等，中國人都會依表格填入，不會有什麼忌諱的。但如果是自己設計的，或者買來的履歷表上沒這些項目時，那麼也不需要填寫。

㈢履歷表（應徵研究員工作）

【說明】本表寫作格式為自行打字設計。

符心一

（Hsin-yi, Fu）

中華民國　台南市××路22××號

電　話：(06)962-1××××

E-mail: hsyfingk@abctainan.edu.tw

應徵職務：中華××研究院研究員

出生年月日：1975.11.16　　　性別：男

出生地：臺灣、高雄

學　歷：2000—2005　日本○○大學亞洲經濟研究所博士
　　　　1998—2000　日本○○大學經濟研究所碩士
　　　　1993—1996　臺灣○○大學合作經濟系畢

經　歷：2016—現在　美國○○○大學東亞經濟系副教授
　　　　2011—2016　加拿大○○○大學經濟系講師
　　　　2005—2011　美國紐約○○金融公司規劃分析師
　　　　1999—2005　日本○○學院研究員、研究助理

研究及獲獎：2017　東亞○○經濟研究　獲研究首獎
　　　　　　2015　亞洲城市經濟○○○　獲二等研究獎
　　　　　　2014　亞太經濟合作與○○　獲一等研究獎

專長：計畫經濟、合作經濟、農業經濟產銷運輸、
　　　高等會計、東亞經濟策略分析

外語與特殊技能：英語、日語：熟練。法語：可。
　　　　　　　　電腦技術：Office, SAS, SPSS, C+,
　　　　　　　　Frontpage

(四)申請就讀研究所的入學履歷表

【說明】這是曹可義先生想申請進入○○研究所就學。

曹　可　義
花蓮市××××路
××巷××號××樓
電　話：04-962-××××
E-mail: couyela@ddbctainan.edu.tw

申請系所：○○大學○○研究所碩士班
出生年月日：1995.05.12　　　性別：男
出生地：○○市
學　歷：
　　2013—2016　○○大學工業管理學系畢業
　　2010—2013　○○高中畢業
經　歷：
　　2017—現在　○○○科技公司企劃助理
　　2015—2016　○○○大學研究助理
　　2013—2015　○○大學工讀
入學後研究簡述：
　　本人計畫利用四年左右的時間，……。
專　長：工業管理、專案企劃、資料分析
外語與特殊技能：
　　母語：中文。　　　德語、英語：可。
　　特殊技能：電腦程式撰寫。
　　電腦技術：中文電腦, SAS, SPSS, C+, Dreamweaver

㈤應徵企業工程師職缺的履歷表

履　　歷　　表			
〔基本資料〕			
中文姓名：李克勤		出生日期：民國73年01月05日	
性別：男		婚姻狀況：已婚	
聯絡地址：		E-mail信箱：	
目前兵役狀況：役畢		目前就業狀態：在職中	
家中電話：		行動電話：0987654321	
聯絡時間：隨時		希望待遇：依公司規定	
〔教育背景資料〕			
2014.09～	國立○○大學	機械工程研究所博士班	就學中
2008.09～2010.06	國立○○大學	機械工程研究所碩士	畢業
2006.09～2008.06	國立○○科技大學	機械工程學系	畢業
1998.09～2003.06	國立○○工商專校	機械工程科	畢業
2011.08～2011.10	加拿大○○語言學校	短期進修	
〔技能專長〕			
語文能力：　英文　聽〔可〕、說〔可〕、讀〔可〕、寫〔可〕			
非電腦技能專長：逆向工程、精密檢測、檢測自動化系統開發、機械設計			
電腦技能專長：專業軟體：RevCAD, CAITA, Pro/E, UG, AutoCAD, Poly Works, Studio 程式語言：Visual Basic, Visual C, Turbo C 電腦通訊：網路程式撰寫、遠端控制、網路架設 文字輸入：中文打字50～75／分、英文打字20～50／分 其他：電腦音響組裝及維修、電路設計			
〔工作經驗〕			
2015.01～	○○科技股份有限公司	副理級研發工程師	
2011.11～2015.01	○○科技股份有限公司	襄理級研發工程師	
2002.07～2003.09	○○資訊電腦公司	維修工程師	

六、作業與討論

1. 如果你是主管，你最注意履歷表的前三個項目是什麼？為什麼？
2. 書寫履歷表，哪些是應該要避免的？哪些是要加強的？
3. 請準備一份你自己的履歷表。
4. 以二至三位同學為一組，彼此看看自己設計的履歷表，並找出優點和缺點。
5. 針對下面這則報紙上的徵人啟事，再看林格理先生的履歷表，找出不好的、要再加強的地方，幫他修改一下。

【徵人啓事】

北極熊美語教室
誠徵認眞、負責、親切

行政櫃台人員（專科以上）
幼兒美語教師（母語爲美語者尤佳）
專職導師（具經驗者尤佳）
工作時間：12:00-21:00（週一至週五）
供晚餐、專業人士優先錄用
歡迎符合資格者，加入我們的行列
台北市忠一路××號
02-8965-1xxx　王主任

履歷表			
姓　名	林格理（Gray Lin）	性別	男
年　齡	28歲		
出生地	澳洲、雪梨（Sydney, Australia）		
身分證字號	QAS7654321		
通訊地址	台北市北安路○○○號		
電　話	（不方便給）		
學　歷	雪梨○○大學東亞研究所（還在念）		
經　歷	研究助理、學校工讀		
專　長	歷史研究、人種學研究		
應徵職務	幼兒美語教師		
希望待遇	NT$250/1hr	供晚餐	要
備　註	我的中文說得不好，但是英文很棒！		

七、測驗

可複選：

（ ）1. 下列選項哪一個並非履歷表必須提供的資料？ ①專長 ②學歷 ③體重 ④經歷。

（ ）2. 一般履歷表最好不要超過幾頁？ ①一頁 ②二頁 ③三頁 ④四頁。

（ ）3. 履歷表寫作時，最好不要太 ①誇張 ②有條理 ③簡單 ④乾淨。

（ ）4. 哪一個不是履歷的用途？ ①求職 ②申請學校 ③換工作 ④寫遺書。

（ ）5. 哪一個不是聯絡方法？ ①個人電話 ②貼公告 ③電子郵件 ④通訊處。

（ ）6. 如果你沒有身分證字號，可以用什麼代替？ ①血型 ②國籍 ③出生日期 ④護照號碼。

（ ）7. 下列哪個訊息經常出現在中文履歷表裡，但西方人認為是不妥的？ ①年齡 ②通訊處 ③婚姻狀況 ④畢業學校 ⑤身高 ⑥星座。

（ ）8. 中文履歷的學經歷，在書寫的順序上，最好是依照 ①時間順序，從以前到現在 ②從現在回寫到過去 ③從重要的到較不重要的 ④隨自己高興。

第四章　英文履歷

本單元學習重點

1. 了解英文履歷的格式。
2. 能依自己背景寫出合適的英文履歷。
3. 能比較中、英履歷的異同。
4. 了解英文求職信（cover letter）的格式，並依個人背景及履歷寫出合適的求職信。

大綱

一、思考活動
二、英文履歷的寫作重點
三、求職信
四、範例
五、作業與討論
六、測驗

一、思考活動

王麗文（Wang Li-wen）打算在大學畢業後赴美國攻讀碩士學位，因此準備寫一份英文履歷，她先寫好一份中文履歷，然後翻成英文，準備寄到國外的大學，請你幫她看看這份履歷有沒有問題？

Personal Data

Name：Nancy Wang　　Sex：Female

Date of birth：1994 / 1 / 21　　Marital Status：Single

Height：158 cm　　Weight：45 kg

Telephone：(02)46801505　　Cell phone：0991904597

Present Address：No. 222, tian-wei St. Taipei, Taiwan.

E-mail：liwen@yourcompany.com.tw

Education：

2013～2017 Chung-Shan Christian University *(Major in Teaching Chinese as a second language)*

2010～2013 National Shu-lin Senior High School, Taipei

2007～2010 Chinghua Junior High School, Taipei

2001～2007 Long-Shan Elementary School, Taipei

Work Experience：

2014 July, Tutor for Indonesia teenagers, Chung-Shan Christian University.

2015 March, Tutor for American students, Chung-Shan Christian University.

2015 October, Tutor for Japanese students, Chung-Shan Christian University.

2016 March, Tutor for Indonesian student, Chung-Shan Christian University.

2016～ Part-time job, Chung-Shan Christian University Library.

2016～ Magazine editor, Chung-Shan Christian University.

Language skills：

1. Chinese　2. English　3. Japanese & French a little.

Characteristics： responsibility, carefulness and honest.

Hobby：Shopping, listening to music, and communicate to foreigners.

想一想：

1. 中文履歷與英文履歷有什麼不同？
2. 這份英文履歷的格式是否有什麼問題？
3. 這份英文履歷的內容是否有些問題？
4. 請你幫忙修改她的履歷。

下頁是修改過的履歷表，請比較有哪些不同之處。

Resume: Li-wen Wang（姓名與護照一致）

Objective: Apply for the admission of Master's program （註：加上申請目的）

Personal Data

Sex：Female （身高體重及婚姻狀況皆刪除）

Phone：+886-2-4680-1505 Cell phone：+886-991-904597（註：加上國碼）

Address：No. 222, tian-wei St. Taipei, Taiwan.

E-mail：liwen@yourcompany.com.tw

Education：

2013～2017 B.A., Major in Teaching Chinese as a second language, Chung-Shan Christian University.（註：大學以下都可刪除）

Work Experience：（註：從最近的排到最早的）

2016～Present Magazine editor, Chung-Shan Christian University.

2016～Present Assistant (Part-time), Chung-Shan Christian University Library.

2016, March, Tutor for Indonesian student, Chung-Shan Christian University.

2015, October, Tutor for Japanese students, Chung-Shan Christian University.

2015, March, Tutor for American students, Chung-Shan Christian University.

2014, July, Tutor for Indonesia teenagers, Chung-Shan Christian University.

Language Skills：（註：加上對於語言程度的形容）

Chinese (Native), English (fluency), Japanese & French (fair)

（註：以下與申請此入學許可無關之項目皆可刪除）

二、英文履歷的寫作重點

在西方國家，無論是申請工作或是申請學校，都需要附上履歷（resume）。履歷的長度通常以二至三頁為宜，因此，即使個人經歷再豐富，也要視所申請的工作或學校的需求，重新撰寫新的履歷或是將舊有履歷再修改，突顯個人的優勢以符合對方需求。

英文履歷可以分為美式或英式兩種，前者稱為resume，後者則是curriculum vitae，通常簡稱CV。

雖然這兩種同為英文履歷，但美式與英式卻有些許不同。同樣是英文系國家，如果是澳洲、紐西蘭、香港等地，多半要求CV。歐洲國家雖然也要求提出resume，但仍應以英式履歷為主。

根據《英文面試‧履歷EASY過關Effective English Resumes For Your Career》（Bunsuke Maki, 1999）的整理，Resume與CV相異之處如下：

㈠Resume—美式履歷表

1. 在個人資料（personal data）上，填寫姓名、住址、電話、傳真、Email，毋須填寫生日、國籍等其餘個人資料。
2. 學歷上填寫大學以後之學歷。
3. 學歷通常不附記成績。
4. 沒有規定先填寫學歷或先填寫工作經歷。一般而言，以工作為導向的多半先填寫工作經歷，如果本身是相關科系前幾志願，當然也可以將學歷放在前面。而申請入學多半先填寫學歷。
5. 大部分不填寫自己的興趣。

(二)CV—英式履歷表

1. 除聯絡資料外，大部分還會填寫年齡、出生年月日、出生地、國籍、婚姻狀況，以及是否有駕照等個人資料。
2. 學歷通常從小學填寫到最高學歷。
3. 大部分會附註成績。
4. 一般都將學歷寫在工作經歷之前，填寫項目的順序則有固定格式。
5. 大多會填寫個人興趣或國外經驗。

雖然美式和英式履歷有明顯區別，但在美國教育界，如果特別強調請你交CV而非resume時，通常要你交上完整的學經歷，多半超過二到三頁的限制，常為十頁以上，甚至是二十頁。在本單元中，限於篇幅僅能介紹美式履歷，但學會了一種寫法之後，另外一種的寫法當可觸類旁通。

一般來說，我國學生在撰寫英文履歷時，應注意下面幾點原則：

1. 外文姓名：外文姓名要與自己的護照上的拼法一致，其它申請文件亦須一致。
2. 不必放照片：對西方人來說，照片會予人先入為主的觀念，在履歷上通常是不需要放照片的，除非申請單位有特別要求。
3. 隱私問題：身高、體重、生日、婚姻狀態等都屬於隱私，可以不必在履歷上說明。
4. 必須說明工作的細項：我國目前所慣用的履歷，習慣上僅列出工作起迄時間與公司、職稱，鮮少列出工作內容，多半面試時由面試者向求職者詢問。但在英文履歷中，好的履歷必定會列出工作內容並突顯以往經歷符合要申請工作的需求。
5. 切忌用制式表格：在臺灣可能受到履歷表或網路人力銀行的影響，許多人寫英文履歷習慣套用中文制式履歷表，這是絕對不行的！撰寫英文履歷如果使用制式表格，一來寫法不同，二來會顯得求職者沒有誠意，或是缺乏組織能力，無法突顯自己的優點。

上述幾點是切須遵從的原則，但如果只依照這些原則寫出來，仍算不上是好的履歷，還必須符合下列原則：

1. 強調自己符合申請需求：不論在工作內容、訓練、證照、能力或教育，先觀察對方需要什麼樣的人，然後想想自己在哪些方面符合對方的需求，並在履歷中特別突顯出來。在撰寫的過程中，可以試著加上一些名詞、工作內容來表現你是符合此工作要求的人。比如說如果是應徵經理，就應強調「協調」、「專案」之類的字眼，而如果是應徵老師，則加上「經驗」、「效率」、「發展教材」等相關經驗。
2. 適度加上專業術語：加上專業術語可以馬上讓對方知道你確實懂這個領域，並能勝任工作。
3. 重要資料放前面：寫英文履歷不只是考慮個人是否具備相關背景，同時也可看出每個人的組織能力。沒有一位人事經理會仔仔細細將你的履歷從頭看到尾，因此如何讓對方一眼就看出你的與眾不同，除了在排版方面下點工夫，再來就是盡可能將符合該工作需求的重點放在前面。
4. 第一段簡述自我能力、經驗及相關技能（認證）：如前一點所述，為了要讓別人很快就對你有個大致的印象，一般來說英文履歷第一段都是簡述（summary of qualifications）。當然，也有人在簡述前再加一段目標（objective），讓對方一看就知道這份履歷是什麼用途。
5. 成就（accomplishment）、特殊能力（special skills）：只要在公司相關領域有所成就，就應當寫出來增加自己的機會。舉凡得獎紀錄、獎學金、完成計畫、申請經費、研究報告等，都屬於個人成就。特殊能力現在常指電腦與語言能力，如果你能熟練操作公司作業常用的軟體，當然一定要寫上去。
6. 工作（條列、日期）：工作經驗的記錄應由最近的先寫，再往前追溯。另外，必須寫上職稱與公司名稱，如果非大公司，最好標註公司所在城市與國家。
7. 教育及訓練：如果是為了申請研究所或高等教育，應把教育背景放在前面，突顯自己的相關經驗及研究。如果是申請工作，則以工作經驗為主，視情形安插教育及訓練經驗。

那究竟履歷需要放什麼資料呢?通常分為六大項目:

1. 個人聯絡資料(必須填入)
2. 希望從事的工作項目(建議填入)
3. 學歷(必須填入)
4. 工作經歷概要,或取得資格的概要(建議填入)
5. 特殊專長(選擇填入)
6. 其它有利於達成申請目的的項目(選擇填入)

下面是一份履歷大致的格式:

Name(自己的外文姓名,應與護照的外文名字相同)

Contact Information
(列出聯絡方式)
<Address>,<Phone>,<Fax>,<Email>

Objective
(寫下此履歷投遞的目標)

Education
(列出學歷,包括等級、時間、科系、學校)

Work Experience
(列出工作經歷,包括職級、時間、部門、機構,依時間順序從晚到早排列)

Skills / Expertices
(條列出與申請目的有關的專長)

履歷沒有固定的格式,端看對方的要求以及個人特質而定。範例僅供參考,未必符合個人需求。

三、求職信

要申請工作除了撰寫履歷以外，通常都會要求附上一封求職信，以及主管或老師的推薦信。求職信（**cover letter**）顧名思義就是告訴對方你想申請哪份工作，然後簡述一下自己的經歷。

求職信的長度以一頁為宜，須注意幾項原則：

1. 專業外觀：求職信代表個人的誠意，所以如果看起來乾淨、專業，別人對你的第一印象就已經建立了。求職信上有任何髒污，都是不被允許的，因為這代表個人衛生習慣不好，或是對方不值得你再花時間寫一次。

   此外，求職信切忌千篇一律，請讓求職信看起來像是針對此家公司所寫，而不是簡單置換名字而已。

2. 聚焦：求職信不同於履歷，也必須不同於履歷，應將個人符合該工作要求的特質，以書信的方式呈現出來。信中可強調雇用你的好處，並盡力突顯你個人的特質。

3. 忌用制式開頭：雖然在許多時候，求職者都是為了回應未來雇主的廣告，而用這種千篇一律的開頭「為了回應你的廣告，我附上我的履歷讓你考慮」（**In response to your ad in xxx's paper, I have enclosed my resume for your consideration.**），但如此僅會讓公司的人事經理看完這句話就將你的求職信擱在一旁。但是如果換個角度說「你正在找…員工，我非常符合你的需求」，給人的感覺就大為不同了。仔細營造開頭的感覺，因為這是決定對方是否會繼續讀下去的關鍵。

4. 符合對方需求：一份好的求職信，可以成功的連結個人能力特質與為公司工作所帶來的好處。所以不論是求職信或履歷，請先想想對方需要何種人才與能力，並努力突顯自己這方面的優勢。

5. 便於閱讀：除了讓對方第一眼就發覺你個人與眾不同的能力外，讓求職信便於閱讀，是鞏固得到面試機會的第一步。在英文求職信裡，可以利用幾個方法突顯你的求職信：

(1) 頁面不過寬：頁面寬度可維持在五英吋左右。
(2) 格式向左對齊：為了使對方不需要花費很大的力氣從左看到右，千萬別使英文左右對齊，一律都是向左對齊。
(3) 文字精簡：別長篇大論，這不僅是使文章簡潔的好方法，也避免使閱信者眼睛過於勞累。
(4) 重點可以縮排，並用星號*、條列式符號（如：■、◎、◆）等來區隔。
(5) 重點可以用粗體、底線或大寫字強調（Uppercase Letter），但避免使用斜體，這對西方人來說不易閱讀。如果不得已，也盡量少用。
(6) 如果求職信超過兩頁，分頁處最好是在某個記載重要訊息的句子，這才會使對方較為有意願繼續閱讀下一頁。

6. 誠實：千萬別誇大、誤導甚至說謊，這樣即使能得到很好的工作，也必然在人家發現後，會立刻被解職。
7. 積極：除了撰寫適切且吸引雇主的求職信，積極也是不可或缺的。別讓自己平凡地在眾多求職者中被遺忘，積極地寫第二封、第三封信，表現出你是如何重視這份工作以及想得到這份工作。
8. 如果求職信送出後都沒有回音，試著重寫或找人修改：別再用沒有作用的履歷，試著檢查一下上面的資料是否有誤，重新組織並改寫。可能是你的求職信不夠吸引人，甚至是傳遞了錯誤訊息。別灰心，說明自己是什麼樣的人本就不是一件容易的事，多花點時間了解自己，再重新撰寫求職信。別讓這些小挫折將你擊敗。

求職信的重要性等同於履歷，千萬別抱著可有可無的心態進行寫作。據說許多企業是先看求職者的求職信，再決定是否繼續閱讀履歷。

那求職信的格式究竟為何？下面介紹一種求職信的格式。

My address（寄信人的住址）
My phone（寄信人的電話）

Mr. You（對方姓名）
Human Resource Director（職稱）
Your company（公司名）
Your address（公司住址）

Date（日期）

To whom it may concern（稱呼）

I am writing this letter to apply for the job you posted…（寫一兩句啓始語）

（介紹你自己獨特的地方）

I would like to send you more information upon your request.（寫一兩句結尾語）

Sincerely yours,（結尾語）

（Signature）（署名：簽名）

My name （名字）
Enclosure: resume （附件説明）

1. 住址：中文住址是由大到小，英文則是由小到大，先寫住幾號幾樓，再寫巷弄及街道名，最後再寫城市以及國家。一般來說，門牌號碼和街道名寫同一行，市區名稱和行政區域、郵遞區號寫同一行，最後再寫國家。寫法如下。

129, Sec. 1, Hoping E. Rd.,
Da-an District, Taipei 10644
Taiwan, ROC

如果不知道自己的英文住址如何寫，可以上郵政總局的網站上使用中文地址英譯的服務。

2. 電話：列出自己的電話，最好連上班地點的電話也寫上去。如果申請的工作與你目前的居住地不是同一個國家的話，請記得加上國碼，臺灣是886。

3. 日期：英文信的日期一般來說均寫在上面，以求職信來說，寫在右上角與左上角均有，但絕不似中文書信一樣寫在寄件人署名之後。

4. 對方姓名：求職信的重點在於讓人家一目了然，當然，也要讓對方知道你是很有誠意、非常積極想要得到此份工作。因此，事前的準備工作不可少：知道對方負責人的姓名是一種禮貌。讓對方知道你不是寫好一份文件，大量投至數家公司應徵。如果真的無法知道負責人姓名，那也應該寫人力資源部經理。

5. 簽名：在結尾語之後，簽上自己的英文姓名表示你對這份文件的慎重，也讓整份文件多了一點「人味」，而不是全由機器處理而成。這也是表示自己誠意的一種方法。

6. 附件說明：一般來說，求職信必須與履歷一起附上，所以enclosure後面都會寫上resume。

四、範例

(一)申請學校的Cover Letter

Wen-Chang Lin

12F., No. 30, Lane 99, Yili St., ~ Beitou District, Taipei, Taiwan112 (ROC)

+886-2-2822-2193 lin333@gmail.com

Coordinator, Graduate Program
School of Education
Indian University-Bloomington
Bloomington, IN 47401

Dear Program Coordinator:

Please accept my application for the admission of the Ph.D. program in Educational Psychology / Educational Technology at Indiana University. After reviewing several programs carefully, I am convinced that the quality of your program and the research interests of your faculty best complement by goals. I am confident that the program will provide the challenge I am seeking to refine my intellectual and critical-thinking skills as I conduct further research into teaching Chinese as a second language with the use of technology.

From my enclosed resume you will observe that my background comprises strengths in two major areas: Foreign Language Teaching and Online / Multimedia Instructional Material Design and Development. I am technically proficient in many areas including software application, use of hardware, computer programming, and networking. For example, my ability in this area was demonstrated when I shared the winning award for a web development competition featuring the 'Beauty of Taiwan' (Acer 2000). I have also been heavily involved in designing and developing web-based teaching materials. Along with the diverse teaching positions that I have held at several universities in Taiwan and Japan, I am confident that my background will provide a strong foundation for further research.

As an industrious academician, I have already gained significant experience in teaching, research, publication, and service, and will continue to contribute fully in each of these areas during the course of my studies.

As you consider candidates for your doctoral program, I sincerely hope that my application will be given deep consideration. You are welcome to contact me for any further information that you may require to complete the decision-making process.

I am looking forward to hearing from you soon.

Sincerely,

Wen-Chang Lin

Encl.

Wen-Chang Lin
4F., No. 10, Lane 49, Yili St.,Beitou District, Taipei, Taiwan112 (ROC)
+886-2-2822-2193 lin333@gmail.com

Objective

Apply for the admission of Ph.D. program.

Education

2013～2015, Master of Arts, Graduate Institute of Teaching Chinese as a Second Language, NATIONAL TAIWAN NORMAL UNIVERSITY, Thesis: "A Study on Writing Modern Chinese Poetry Taipei, Taiwan for Teaching Chinese as a Second Language".

2009～2012, Bachelor of Arts, Dept. of Chinese Language & Literature, NATIONAL TAIWAN NORMAL UNIVERSITY, Taipei, Taiwan

Professional Experience

2013～2017 Lecturer, International Chinese Language Program, NATIONAL TAIPEI UNIVERSITY, Taipei, Taiwan

* Taught basic, intermediate, and advanced Chinese, as well as intensive courses on Chinese Language, Culture, and Business to international college students.
* Provided special tutoring in Conversational Chinese, Chinese Novels, and Business Chinese.

* Co-developed an exercise to monitor student progress through use of the thesaurus to identify synonyms.

2014 & 2016 Lecturer, Multimedia and Chinese Teaching, OVERSEAS CHINESE AFFAIRS COMMISSION

2013～2015 Online Chinese Teacher, Chinese Distance Learning Project, KEIO UNIVERSITY, Tokyo, Japan

* Served as Chinese teacher with an emphasis on oral proficiency and Chinese culture.
* Set up a synchronous teaching environment, including notebook, software, and hardware.

Research Assistantships

2016～Present Research Assistant, Mandarin Training Center, NATIONAL TAIWAN NORMAL UNIVERSITY, Taipei, Taiwan

* Set up a free online course management system, Moodle, and executed daily operations of back-up, upgrade, and maintenance; trained teachers to use Moodle to enhance their courses.
* Developed and maintained a Learning Object Management system to facilitate organization and retrieval of teaching resources such as videos and pictures by using metadata classification.
* Produced multimedia teaching materials in collaboration with various computer companies.

2014～2015 Research Assistantship,

CHINESE CULTURE UNIVERSITY, Taipei, Taiwan

* Project: "Chinese Language Learning and Teaching Online: Design, Development, and Evaluation for E-learning for Chinese as a Second / Foreign Language".
* Sub-project: "A Study on E-Learning for Chinese Characters and Phrases and Online Testing".

2012～2015 Departmental Assistantship / Research Assistantship

NATIONAL TAIWAN NORMAL UNIVERSITY, Taipei, Taiwan

* Project: "Experimental Course Design of Web-based Chinese Language Instruction".

Publication and Presentation

Presentations:

Lin, Wen-Chang (2014). "An Instructional Design on Poetry Writing for Teaching Chinese as a Second Language"; Proceedings of Teaching Chinese as a Second Language Conference, p. 26-34.

Chen, Y., & Lin, W. (2014). "Web-Based Tone Instruction with Multimedia: Graphing Tones through Musical Notation"; Third International Conference & Workshop on Technology and Chinese Language Teaching, New York. 2014.

Hsin, S., & Lin, W. (2013). "The Development and Technology Consideration for the Web-Based Course of Chinese Practical Writing"; International Conference on Computer-Assisted Instruction, Taipei..

Chen, H., & Lin, W. (2013). "A Study of an Interactive Web-Based Course in Writing Chinese as a Second Language." 3rd International Conference on Internet Chinese Education, Taipei.

Computer Skills

Software: MS Office (Word, Excel, Access, PowerPoint), Outlook, Photoshop, Dreamweaver, Fireworks, Visio, MySQL, MSSQL, Visual Studio, Borland Delphi

Platforms / Operating Systems: Windows 10, Windows Server 2003, Mac

Programming Languages: PHP, ASP, ASP.Net 2.0 (C#), Delphi (Object Pascal), VBScript

Networking: LAN, WAN, POP, SMTP, VPNs, ISDN, DHCP, TCP/IP

Hardware: IBM, HP

五、作業與討論

1. 請設定一份你想要應徵的工作或申請的學校，並為這個目的寫一份自己的中、英文履歷，以及英文求職信。
2. 二、三位同學一組，彼此看看對方的履歷表，並給對方一些意見。
3. 二、三位同學一組，輪流扮演面試官，依照對方提供的履歷進行面試。
4. 中、英文履歷在格式上有哪些不同？這些不同反映出哪些中、西文化的差異？

六、測驗

（ ）1. 關於英文履歷撰寫的注意事項，何者正確？ ①必須附上個人三個月近照 ②必須附上個人身高、體重及婚姻狀況的資料 ③必須使用制式表格 ④必須列出符合申請工作需求的工作經歷或教育訓練。

（ ）2. 關於英文求職信撰寫的注意事項，何者正確？ ①越詳細越好 ②勿誇大個人學經歷 ③若未收到回音，多寄幾份相同的求職信，以確保對方會多看幾次 ④求職信以三頁為宜。

第五章 自傳

本章學習重點

1. 了解中文自傳的使用場合
2. 學習如何撰寫一份適合的自傳
3. 自傳的寫作大綱
4. 自傳寫作的注意事項

大綱

一、思考活動
二、自傳使用的場合與類型
三、自傳的寫作大綱
四、自傳寫作的原則與要領
五、範例
六、作業
七、活動

一、思考活動

1. 王先生要應徵一份電腦工程師的工作，現在需要一份中文自傳，你覺得這份自傳要分幾個段落？各個段落的主題要寫些什麼？
2. 假如你現在要申請研究所就讀，需要提供一份中文自傳，你會怎麼寫，才能表現出你的專業與企圖心，以獲得審查教授們的青睞？

二、自傳使用的場合與類型

自傳是一種陳述自己生平與志趣的文章，目的是讓閱讀的人能夠較深入地了解自己的個性、背景、專業，以作為用人時考量的依據。所以，自傳是一篇文字性的自我介紹。

徵求人才的公司通常要求應徵人提供自傳和履歷，這兩種個人書面資料是公司篩選人才的第一關資料，因此，一份好的自傳，往往具有面加分的作用，能增加被錄取的機會。

履歷與自傳，除了是求職時的必備文件之外，也是在應考求學時，會被要求提供的資料，建議讀者不妨及早準備，累積資料隨時修正，以備不時之需。

三、自傳的寫作大綱

自傳的寫作是沒有固定的形式，往往呈現了個人風格，自傳可以是記敘性的，也可以是抒情式的，可以是論說式的，也可以是綱要列舉式的。

編寫自傳時，內容最好依照以下的大綱，並參考徵人公司的特性，將個人的相關資料作有系列的安排介紹。

1. 個人的背景資料

寫出自己的姓名、出生時間、出生地、性別、居住地址等等。這個部分也可以用條列式的做法陳列在自傳前面，以免在寫作時不知能不能自稱「我」。有時也會看到「我姓○，叫○○，男，出生在○○，住在……」。

【自傳】

姓名：李○○　出生地：○○市
性別：女　出生日期：○○年○○月○○日
學歷：○○大學○○系畢　通訊地址：……
本人自小出生在台南市的……，……………………………………
……………

2. 家庭狀況

可略談自己的家中成員，父母的工作與經歷，家庭教育……等等，在此可強調自己受父母家庭教育的薰陶下，養成的良好人格、個性與習慣。此外，如果祖先家世有特殊背景或成就，也可用來顯示家風，作為自己人品端正的保證。不過，這個部分點到即可，不宜太過長篇大論。

3. 求學過程

寫出自己求學各階段的學校名稱，或只列最高學歷，所取得的學位、專長主修雙主修等等。在描述的過程中，列舉自己在校的特殊優秀表現、感人事蹟，也可談談在校時令人印象深刻的師長、參與活動的經歷、擔任職務、獲獎與心得，以表現自己優秀專業的一面。若自己是剛畢業而沒有太多工作經驗，在這個部分的陳述，更應該要加強。

4. 工作經驗

將個人過去工作的具體成績與良好表現一一條列，包括公司機關名稱、擔任的職務與工作內容、具體成效、工作上的學習心得等等。當然，如果工作的經驗較為特殊，也可以同時說明介紹，工作期間感人的小故事與心得省思，在字數範圍內，都是值得列出的部分。最後，也得說明為何離職的原因。

5. 自我評價

以中肯、平實、客觀、誠懇的態度，將自己的能力、個性、興趣、專長、優點、與他人相處的心態、交往情形等等描述出來，有時也可以將自己的人生觀，同事朋友對自己的觀感，作出綜合性的評價。

6. 對於應徵單位的興趣與期望

將個人對於應徵單位的興趣與期望，與自己對將來的期許相互搭配，提出個人的計畫想法，並適度讚許對應徵單位的讚許，表明自己期望在該公司學習、發揮所長，貢獻心力的意願，讓徵人單位感受到你的誠意。

7. 其他內容

可談談對自己影響頗大的幾個事件，難忘的人、事、物等等，以補充說明自己的個性，此為補充，不必細談。

自傳的寫作不是一成不變的，要依照每回不同的需要，適當調整所談的內容重點，來突出自己求職的動機與人生目標。自傳的字數以一千字左右為佳，不多不少，寫自傳就像是寫一篇短篇作文，須綱舉目張，有條理，各段有各段的主旨，方便閱讀者能掌握各段的內容要點，更快地認識你。

再者，自傳必須要有自我推銷的作用，為自己打廣告，將個人的長處與優點，巧妙地宣傳給閱讀者，以引發閱讀者的重視，給予肯定。建議自傳書寫的內容與方法，應以個人的人生目標或特殊際遇為大綱，並以宣傳個人重要的生平事蹟為目的，自傳並非一篇個人的流水帳。

在應徵工作之前通常需要準備一份履歷表，而視公司需求會要求附上自傳，自傳的內容，則是敘述自己的經歷、專長與個人的特殊性與優點。

四、自傳寫作的原則與要領

自傳的目的既然多少是為了達到能介紹自己、推銷自己的目的，所以，在寫作的原則與要領方面，有以下幾點要注意的：

(一)基本資料須簡要、明瞭

對於個人的姓名、性別、生日、地址、聯絡電話以及家庭狀況等內容，應簡單扼要，帶過即可，因這一部分通常不是左右雇主用人的主要因素，多說無益，即使想補充這方面的說明也應在自傳中加以陳述，才不至於讓雇主看了基本資料就失去耐性。

(二)學、經歷與專長要詳細

如何將自己的能力與經驗能讓雇主快速地、很清楚地了解，才是履歷表內容所應該強調的重點，因此，個人的學歷或求學過程應詳細列出，而其他各項經歷不管是打工兼職還是社團的經驗，皆可依序由最近的到最早以前的加以說明。自己印象最深刻、最有收穫或最有成就感的部分，除了應在履歷表中列出之外，亦可透過自傳加以強調，好讓雇主進一步了解你待人處事的經驗與看法。與工作相關的專長或興趣亦是雇主為求職者加分的重要依據，這一部分除可在履歷表的專長或興趣欄位中列出之外，也可以在自傳中強調。

(三)自傳段落分明

完整的自傳代表求職者積極負責的應徵態度，亦有助於求才公司認識應徵者。在撰寫一般的自傳內容時，其實只要清楚說明下列四大主題，雇主就能了解求職者的完整背景。

1. 個人基本資料的描述

應簡單說明個人的成長環境、家庭背景以及自己的個性、興趣等等，若在履歷表的欄位中已說明過的部分則可視情況省略。

2. 工作經驗及專長

詳細說明自己的工作經驗及專長，尤其是與欲應徵的工作職務有密切相關的部分。而剛畢業的社會新鮮人可說明在學時期的社團活動與打工經驗，有服過兵役的朋友也可陳述部隊中的經驗與收穫，這些說明將是影響雇主是否邀請你進一步面試的主要關鍵。

3. 對工作的看法及態度

說明對過去經歷的種種心得與體會，如個人處理事情的原則、待人處事的心得、與長官同僚相處之道等等，這對於已有工作經驗的求職者來說是非常重要的。

4. 生涯規劃及自我期許

從自己近三個月到一年的短期計畫，到兩三年之後的理想，不管是事業方面，還是家庭、感情方面皆可加以說明，並可概略補充轉職的原因，雇主可藉此了解求職者是否對於自己的未來有明確的目標與規劃。

(四)內容要切合應徵職務的需求

個人的學歷、經歷以及專長為影響雇主任用的主要關鍵，因此這一部分除了應詳細交代之外，更應把握與應徵職務產生關聯的原則，說明太多與這份工作無關的經歷，雇主可能很難對求職者產生興趣，尤其是自傳的部分，無關的經歷或專長大可簡單帶過即可。

(五)期望待遇的迷思

對社會新鮮人而言，通常很難決定自己所期望的待遇，因為不同產業、不同職務甚至不同地區的薪資水準會不太一樣，一方面怕訂得太高，老闆會認為你不自量力，訂得太低，又怕被當成廉價勞工，所以求職前問清楚，才不會造成事後的糾紛。

五、範例

本節以一篇申請入學的自傳為例，來說明寫作的方式。

起頭：介紹你的出生地及家庭狀況，表達力求簡潔有力。
求學過程：介紹學校教育，以及個人的才藝專長、特殊表現。與「推甄」或「申請科系」相關的科目及成績表現，要多描述清楚。
末段：談談你的未來展望，並試著說服對方錄取你。
內容長度：依「申請學校」之要求：一般為500字至1000字。

(一)申請入學的自傳

【生長背景】

學生陳泰順，花蓮市人，一九九八年三月三十日出生在屏東，今年二十歲。父親是電腦公司的員工，母親是家管，我在家裡排行老大，有一個弟弟。從小父親都以嚴格的管教方式，叫我們姐弟倆能好好讀書。在求學階段中，難免都有挫折，我在挫折中常告訴自己，要從挫折中站起來，即使再困難也要堅持下去。父母經常告訴我們：自己的將來自己掌握，要從小就培養獨立做事的方法，不要讓父母擔心。家境小康，全家都以勤儉持家的態度來經營這一個小家庭。幼時，父母親就鼓勵子女向學，希望我們能求取更高的學歷，好好地做事。

【求學階段、才藝性向】

就讀小學時期，因做事認真負責、聽話乖巧而受老師的喜愛，自小就愛好音樂及舞蹈，在學時期參加「合唱比賽、壁報比賽、舞蹈比賽…」等競賽，獲得不少獎項。與同學和睦相處，留下美好的童年回憶。在國中時期擔任樂隊一員，也曾擔任副班長，同學之間相處融洽，老師也鼓勵我繼續升學。因此，進入高職時，因有感於電腦在現代社會中日顯重要，我選擇了電腦方面的科系。國小時對電腦很好奇，只是從來都沒碰過，心想：電腦有那麼好玩嗎？為什麼許多人都因它而著迷。現在才了解，電腦不僅可以打字、玩遊戲及上網外，還有許多功用。高一時，我順利地通過國家級考試，高二時獲得中文輸入檢定合格證書，也參加在學校的電腦繪圖比賽。在班上，也曾擔任總務及學藝股長，學習了許多待人處事經驗，培養了做事的謹慎態度。

【自我期許、未來展望】

我想我在畢業後，為更上一層樓，將繼續求學，一方面是要求加強自己的實力，另一方面是要完成我的夢想，希望自己能夠學得更多，增加專業的知識。欣聞　貴校有令人嚮往的「資訊管理系」，自己也能符合　貴校的基本要求，希望能有此榮幸進入　貴校就讀，我秉持著一顆樂觀進取及勤勉不懈的心，期盼　貴校能給我一個機會，讓我可以在　貴校優良的師資設備及良好的讀書風氣下學習與成長，並朝著夢想邁進。

以下，我們再看一則例子。

(二)應徵教職的自傳

我生於民風淳樸的台南市。在這個城市，我完成了國小至高中的教育。家中成員有五人，父母親對子女的教育十分重視，雖然在我孩提時，家中經濟並不寬裕，但父母卻未曾讓我們這些子女有所委屈，生活上感覺也不虞匱乏。

父親實事求是、認眞的生活態度，以及母親開朗、和藹，善於持家，都是我的好榜樣，也塑造了我良好的品德及正確的人生觀念。

求學過程中，我與同學和睦相處，並屢任幹部，尤其受師長們疼愛與栽培，以下簡述個人在高中大學時的參賽經歷：

一、高中時，就讀於台南市○○高中的商業企管科。

1.高三時，代表學校參加臺灣區中等學校技藝競賽，獲得了「中文打字組」全國第五名，獲教育部嘉勉，之後在申請進入大學的商業經營系時，有相當的助益。

2.曾獲校內國文字音字形比賽第一名、作文比賽第三名。

3.高二時，以社團負責人身分參加救國團舉辦之中等學校社團幹部訓練，成績獲頒優等。

4.於畢業典禮上，獲頒最高操行獎、全勤獎及技術特優獎。

二、大學時，進入銘德大學商業經營系學習。

1.大二時，參加校內日文演講比賽，獲第二名。

2.曾被甄選爲校內優秀英文打字代表之一，參加校外大專組英打比賽，本校獲團體組冠軍。

3.大三下學期，大四全學期獲學科成績前五名之書卷獎。

在銘德大學期間，主修商業經營與管理，了解行政業務，致力學習當一位優秀的祕書。我學習到很多與祕書有關的知識與技術課程，在所有科目中，尤其對英文會話、翻譯、日文、電腦課程最感興趣。

大學畢業後，立即踏入社會服務，任祕書一職。於民國九十四年八月，接受高中母校相邀，返校任教，同時兼辦教學組業務，並於當年底取得技藝教師資格。民國九九年前往高雄師大修完教育學分，成績優異。在任教期間，擔任過商業相關課程、並訓練『中文打字』校隊。民國九十年後，則全心轉任教授電腦課程，教學中，因爲了解到科技日新月異，必須時時進修，遂再思考繼續升學，後進入正榮大學的資訊管理研究所就讀，兩年內，以良好的成績畢業。在資訊教育上所投入的心力，深獲校長、同仁之肯定，並在學生良好的表現上，也獲得了相當的回饋。

我渴望有機會能進入　貴校服務，在此懇切希望有試教之機會，若幸蒙應允，將以我向來嚴謹的治學態度來教學，我有信心不負教評會之所望，盼我之所學，利及所有學子，以謝　校長及教評會賞識之情。

(三)應試某公司之新進人員自傳

百花百葉百草股份有限公司106年新進人員甄試

【應考人自傳】

姓名	李天財	複試編號	1234567890
出生年月日	91年8月8日	性別	■男 □女

自傳內容填寫區

我從小生長在高雄，父親是公務員，母親是家管，妹妹在小學任教，弟弟在百貨公司任職，全家五口和樂幸福。我自認為人誠懇，做事細心負責，善溝通及團隊合作，樂於接受挑戰及壓力，且個性隨和容易與人相處。

求學過程中，期許理論與實務兼顧。在天祥工專、勵志科技大學及至善大學就讀期間，努力學習機械相關技術與專業知識，獲得許多寶貴知識與經驗，就讀研究所時，更進一步加強幾何運算理論及程式設計方面的專業知識。

畢業後，進入科技公司擔任研發工程師至今，期間曾陸續完成自動化檢測、逆向系統開發，及多項客戶專案系統開發及專利申請。服務的客戶群大都在傳統製造業領域，特別是在汽車零組件的模具製造、設計及成品檢測，主要業務是協助客戶建立自動化工程系統，縮短製程。

不論在求學階段或進入職場後，我一直秉持兢兢業業的態度，師長與長官都給予我高度肯定。在我自己的人生哲學裡，興趣、熱誠與責任心是最重要的，這三者促使我不斷學習與成長。我在學校學習的是機械工程，因此，興趣一直在產業機械設計製造及自動化方面，由於所學與興趣相符，若能獲得　貴公司錄用，必可結合這幾年的專案開發及系統設計實務經驗，戮力達成公司指派的各項任務。

註：全文五百字以內，請親筆書寫乙份，不得打字；另兩份可為影印本。

(四)申請進入研究所就讀

我是楊曉文，女，生於一九九二年十二月二十日，畢業於北上大學應用外語系，家中有父母，兩個弟弟，大弟就讀資工，小弟就讀高三。大學時期對語言學有特殊的興趣，且課堂上受教師啓悟甚多，某個暑假有緣參與社團的語言調查活動，透過語言的研究，發現人類的心靈與社會交際現象，便深深愛上語言領域的事物，並希望能從事相關的研究工作。

我生長在臺灣北部知名的漁港——基隆八斗子，在這個漁村裡，村民多從事捕魚的行業，自小我就常常看著村裡的伯叔們出海，挑戰大自然，在艱難的環境裡，堅持一個目標，而一船船載著漁獲回港，這點啓發了我對於要取得高深的學問與成功的事業，必須不畏艱辛，堅持有恆，才能有機會達到成功。有時，在天氣晴朗時，望著美麗的海景，心曠神怡，在繁忙的生活中，偶爾要有欣賞的態度，看待週遭的人事物，因此，與人相處也要能同理歡喜。有時，在陰雨狂浪的日子，期待天晴，這些在在提示我，在困頓的環境裡，不必擔驚害怕，總有撥雲見日的一天，只要我們能堅定信念，持續學習成長。

由於這樣的成長環境，在品性的陶冶方面，父母也重視我的爲人與道德的修爲，個性上，也培養我專心有恒的態度；在學業上，也要求能一天比一天好，所以，功課也總能名列前茅，到大學時，考上應用外語系，成績也一直維持班上前幾名，尤其是自大二起，即對語言的研究產生興趣。

爲了將來的研究，除了基本知識的充實外，也感到統計與電腦的重要性，對於日後的語言調查，體力仍是必要的條件，因此，我也養成每天運動的習慣，以維持良好的體魄，以備未來從事各項研究工作。

欣聞　貴所舉辦年度推薦甄試，本人備齊相關資料，希望能得到委員們的青睞，順利進入貴所就讀，爲完成自己的理想，希望能親聆專家們的指導。

(五)應徵企劃經理的工作

陳民良，民國八十二年生，家居雲林縣斗南市。

父親自幼即自力更生，年少工作但仍持續學習，就讀夜校，完成二技學業，現為台糖的副廠長。母親生性賢淑，幼時家境清寒，後亦進入台糖工作，並且努力學習，也取得了專科學歷。身為家中長子，對於弟妹往往有一份教導的責任，也伴隨關心與愛，在我早年的生活中，養成了獨立自主、以身作則的能力，小學起到大學，經常擔任班上的股長、班長，因此更要求自己更要負責、服務與真誠的態度。

大學時就讀商學系，半工半讀，學習熟悉職場的工作，雖然如此，學業上仍戮力不懈，維持一定的程度，學期末也每每能獲得獎學金。我的個性活潑外向，但平日動靜皆宜，性格沈穩，條理分明，不會冒進衝動，擅於溝通，與人相處融洽。

退伍後，通過銀行員考試，派往台北市千華銀行任職，對人事規章與行政方面有詳細的了解，儘管該工作能從事一生，但在工作之餘，本人仍努力研讀外語，英、日語現今皆能運用自如，渴望更換工作環境，讓自己的專業能有發揮的機會。

貴公司向來聲譽卓著，如今，需求一名企劃經理，本人自信能勝任愉快，有所貢獻，以本人的專業、個性與語言上的能力，必能在　貴公司開創一片天地，值此經濟發展之際，對外貿易的開拓，十分具有挑戰性，本人樂於承擔，也希望有機會服務於　貴公司。

六、作業

1. 請同學們以申請學校就讀主題，寫出一篇約一千字的自傳。
2. 請擬定一篇自傳的大綱，目的是為了應徵一份你理想中的工作。

七、活動

1. 報上刊載了一則徵人啟事，需要一位傳播公司的企劃人員，請和你的同學一起討論，針對這份工作，自傳應該怎麼寫？要加強敘述那些內容？
2. 你覺得自傳和為他人寫傳記，有什麼相同與不同的地方？

第三篇

社交書信

本篇內容

第六章 信封與信紙

本單元學習重點

1. 信紙之選擇與撰寫注意事項。
2. 信封之選擇與撰寫注意事項。

大綱

一、思考活動
二、信紙之選擇與撰寫注意事項以及信紙折法
三、信封之選擇與撰寫注意事項以及託交專送信件寫法
四、範例
五、作業與討論
六、測驗

一、思考活動

撰寫信函，除了要注意內文與基本格式用語外，還要注意什麼呢？

一封撰寫得宜的信函，除了正文內容表達清楚且格式用語運用正確外，信紙的選擇與版面的美觀都是要件，而信件完成後，信紙要如何折疊並置入信封中，也是需要留心的細節，另外，信封上收件者與寄件者的資料亦須正確填寫，才不失禮又可協助郵差或送信者將信件正確傳遞至受信者。在學習如何成功撰寫信件內文前，我們應該先認識關於信紙與信封的一些基本注意事項。

二、信紙之選擇與撰寫注意事項以及信紙折法

㈠信紙之選擇

1. 對尊長宜用中式八行信紙：信函主要功用是傳達訊息給另一方，若選用過於花俏之信紙，其實不利於訊息內容之傳遞，因此，於正式信件或受信者為尊長時，宜選用傳統中式八行紙或素面信紙。
2. 弔喪忌用紅色行線：為表示對喪家弔唁之意，弔喪信件忌紅，不可使用有紅色格線之信紙。
3. 直式信紙與與橫式信紙：書寫直式信紙，應由右至左，而橫式信件則由左書寫至右，以符合現代之閱讀習慣。

㈡撰寫注意事項

1. 通篇不可行行弔腳：信件不論長短，整面信紙內文必有一行寫至底端，不能行行寫不滿，亦即行行

弔腳。

2. 單字不成行，單行不成頁：撰寫信件應避免單字成行與單行成頁，亦即一行只寫一兩個字或只出現句點，或一頁只書一行，如此不但信函版面無法令人賞心悅目，也予人浪費紙張與寫信者已文思枯竭之感。因此，寫至段落末尾，正巧換行，可多寫幾字或精簡字句，使整段最後一行不出現單字成行情況，同樣地，信件末段結尾正遇換頁，也可精簡字句，避免單行成頁。

3. 他人名號不可分置兩行：信件內文提及他人姓名或稱號時，應將該名號置於同一行書寫，不可出現分置兩行情形，以示尊重並避免閱信者誤解文意。

4. 挪抬與平抬：信件內文提及他人，為表敬意，可使用挪抬及平抬。使用平抬所表達的敬意高於挪抬。挪抬是指在原行空一格再書寫他人名號；平抬是指將他人名號置於下一行頂格處（最頂端）書寫。

5. 信件字體宜端正：一般而言，為使閱信者方便閱信且完全了解文意，寫信宜用楷書小字，特別是對尊長之信件與正式文件，若對平輩及晚輩，亦可用行書，但切勿潦草。

㈢信紙折法

不論直式信紙或橫式信紙，在一般信件中，信紙折疊後，受信者稱謂處皆不可被覆蓋。

1. 直式信紙之折疊法：將直式信紙的左幅往背面折疊，再將信紙下幅往背面折疊，以折疊後略小於信封大小而方便置入為原則，然後將信紙正面，即看得見收信者名號之面，與信封正面同方向放入信封中，使收信者拆信後，能立即看見寄信者對自己的稱謂。請參考後文的範例附圖（頁106）。

2. 橫式信紙之折疊法：將橫式信紙下幅往信紙背面折疊，再將信紙右幅往背面折疊，亦以略小於信封大小為原則。放入信封的方式與直式信封同，要使收信者一開啟信件即能看見寫信者對自己的稱呼。請參考後文的範例附圖（頁103）。

3. 反折表示報凶或絕交：反折是表示信件的折疊與上述方法相反，信紙由正面折疊置入信封，收信者開啟信件時，無法馬上看見寄信者對自己的稱呼。反折信件用於傳達凶訊或絕交之意。

三、信封之選擇與撰寫注意事項以及託交專送信件寫法

信封上各項資料的撰寫正確與否，是郵差或送信者能否順利將信件轉交至收信者的關鍵。

(一)信封之選擇

1. 直式信封或橫式信封之選擇：信封之選擇應配合信紙，不宜出現信件內文直書而信封橫書，或信件內文橫書而信封直書的情況。
2. 正式信件宜用傳統中式信封：傳統中式信封為直式長形，中間有長方紅格，正式信件若選用西式橫向信封，則以純白者為佳。
3. 喪事不可用有紅色格線之信封：弔喪信件信封之選擇與信紙同，不可有紅色格線，可將紅色格線塗黑後使用。

(二)信封撰寫注意事項

1. 直式信封：書寫時應分三部分，中間一欄為「送信者」對收信者的稱呼，右欄為收信者的地址資料，左欄為寄件者的地址資料。右欄略低中欄，左欄又低於右欄，中欄最高，字體也最大。郵票貼於左上角。請參考後文的範例附圖。

(1) 右欄：收信者地址資料應空兩格後開始書寫，字宜緊湊，地址應盡量詳明。收信者的學校機關或

文化小常識——信封的由來

秦漢時期，信件大多刻在竹簡木札上，然後放入「雙鯉魚」中傳遞，「雙鯉魚」是目前所知最早的信封。

漢朝的樂府民歌〈飲馬長城窟行〉裡提到「客從遠方來，遺我雙鯉魚。呼兒烹鯉魚，中有尺素書」，詩中描述遠來客人為婦人帶來遠方丈夫的家書。詩中書信是裝在「雙鯉魚」內。所謂的「雙鯉魚」即爲兩塊刻有鯉魚形狀的木板，一底一蓋，書信裝在兩塊木板中，而木板上有三條線槽，信紙裝入後，以繩子綑綁三圈，再通過一方孔打結，最後覆上黏土，加蓋私章，防止送信人私自拆信。魏晉時期，雖已有紙質信封，但信封上仍延續秦漢傳統而繪有鯉魚圖案。

公司名稱，可寫在右欄左行或中欄右行。地址之上端為收件地址之郵遞區號。

(2)中欄：收信者姓名資料，宜自信封上端寫起，至下端為止。依序為姓名、稱呼與啟封詞。字體比右欄地址資料略大，且字與字之間隔排列勻稱。

要特別注意，收信者之稱呼是指「郵差」或「送信者」對收信者的稱呼，而非寄信者對收信者的稱呼，因此，寫給自己親屬時，信封上若誤寫成自己對該收信者的稱呼，不但使送信者為難亦貽笑大方。此稱呼宜書寫成一個單位，不宜分散書寫。請參考後文的範例附圖。

若信件是寄到收信者的工作單位，稱呼部分一般不寫「先生、女士、小姐」，而是寫對方職稱；並且，如果收信者職位較高，為了表示禮貌，會將職稱前對方的名字側書，也就是將他的名字「縮小並偏右書寫」。也可以先寫職稱，再寫名字。請參考後文的範例附圖。

啟封詞是恭敬請對方打開信件的固定用語，須視寫信者與寄信者關係選用，例如，若收信者為師長，啟封詞應寫「道啟」，若為長官，則寫「鈞啟」。信封啟封詞請參考後文的範例附表。

(3) 左欄：寄信者地址資料自左欄三分之一處寫起，比右欄略低。若要加註自己學校機關名稱，可書於右行，略高於左邊的地址資料高度。最後，可加自己的姓氏於地址一行之最底端處，或寫於學校機關名稱之下，姓氏下加書一「緘」或「寄」字，表示此信由此人封緘或投遞。寄信者地址之郵遞區號寫在左欄最下端。

2. 橫式信封：現代的西式橫向信封一樣須包含收件人姓名資料、收件人地址資料與寄信者地址資料三部分。但橫式信封可有以下兩種寫法。

(1) 寄信者資料在信封正面：信封分左上與中間兩部分，收件人之資料書寫於信封中間偏下偏右處，依序為郵遞區號、地址、收信者姓名稱呼等，左上角為寄信者資料，依序亦為郵遞區號、地址、寄信者姓名。收信者資料之字體大小宜大於寄信者資料之字體。郵票貼於右上角。請參考後文的範例附圖。

(2) 寄信者資料在信封背面：西式信封之寫法，收信者資料亦可將置於信封正面中間，而寄信者資料則書於背面封口處。各項資料之排序同上。請參考後文的範例附圖。

文化小常識——「緘」字由來

《說文解字》：「緘，束篋也。」篋是箱子，「緘」是捆箱子的繩子，又，《論語》「三緘其口而銘其背」是記載周廟裡的銅人嘴巴被繩子綁了三道，因此，「緘」一詞用在信封上，即表明由寄信者封此信，非收信者不可隨意拆信。

(三)託交與轉交信封之寫法

信件若未採郵遞方式，而請人帶信，信封寫法則與一般信件不同。可分由親友帶信的託交信件與請專人帶信的專送信件。

1. 託交信件：請親友轉信，信封寫法牽涉寫信者、收信者以及帶信者的關係，雖然現代人寫信已不像過去那樣講究格式，但我們仍要學習傳統寫法，以便能在需要時獨立完成一封格式完整而正確的信件。請參考後文的範例附圖。

為表示對帶信者的尊重，託交信件不封粘信封口，因此也不寫啟封詞。以下說明以直式信封為例。

(1)右欄：託人帶信，信封上要加寫請託語。請託語分兩部分，第一部分如「敬煩」、「敬祈」等寫在右欄；第二部分如「○○面呈」、「○○吉便帶致」等，寫在中欄。

請託語第一部分，須依「寫信者與帶信者之關係」以及「帶信者與收信者之關係」而選擇不同用語，詳見(五)請託語。因是託人帶信，地址部分不必書寫。

(2)中欄：中欄要寫寫信者對「帶信者」的稱謂、請託語的第二部分，以及寫信者對收信者的稱謂。

①對帶信者的稱謂及請託語：對帶信者的稱謂之下再加上請託語，如「○○姨丈吉便帶呈」、「○○學妹面致」，這部分同樣須依寫信者、帶信者與收信者三者關係選擇不同用語。稱謂要由中欄最頂端處書寫，以示禮貌。一般而言，收信者是長輩時，請託語多是「呈」；收信者是平輩時，請託語多是「交、致」；收信者是晚輩時，請託語多是「交、送」等。請參考後文的範例附表。

②對收信者的稱謂：稱謂部分依寫信者和收信者的關係來寫，如「○○學長」、「家嚴大人」。

(3)左欄：不必寫寫信者的地址，但要寫自己姓名、拜託詞和日期。起始位置不要超過信封的二分之一處。

①寫信者姓名：如果寫信者和帶信者關係親近，可以不寫出自己的姓，而只寫名字；如果自己和帶

信者的關係較疏遠，就寫出自己的姓和名，以表示禮貌。在姓名的右上角，可將自己對帶信者的謙稱詞「側書（縮小並偏右）」。

②拜託詞：姓名下面，就寫拜託詞，通常是「拜託」、「敬託」等。如果帶信者是晚輩，可不寫出自己姓名，拜託詞亦可省略：收信者是寫信者的長輩時，不寫名字，也不寫拜託詞，而寫「名內肅」；收信者是寫信者的平輩或晚輩時，寫「名內詳」、「名內具」。

③日期：日期部分寫月和日就可以，字體應該略小，寫在拜託詞的右下方或左下方如果是託付當天就可以收到，還可寫「即日」。

2.專送信件：請專人送信，信封寫法與託交信件略有差異。請參考後文的範例附圖。

(1)右欄：右欄寫地址與專送詞，除非帶信者不知道地址，否則通常不寫地址。因並非託親友轉信，不寫請託語，而寫專送詞。專送詞的寫法，要依收信人與寫信者的關係而定，常見的專送詞有「敬呈」（收信者為長輩）、「專送」（收信者為平輩）、「即交」（收信者為晚輩）等。

(2)中欄：中欄寫收信者的姓名稱謂及啟封詞。寫法與郵遞信件相同。

(3)左欄：只要寫出自己的姓，再加上封緘詞「緘」。如果期望收信者立刻回信，可以在姓氏上方，加寫候覆詞，如「候覆」、「請覆」等。

四、範例

(一)信紙折疊法

1. 直式

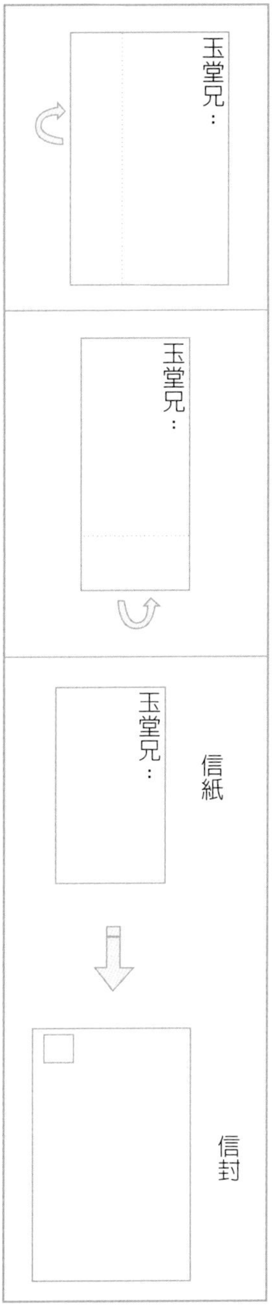

2. 橫式

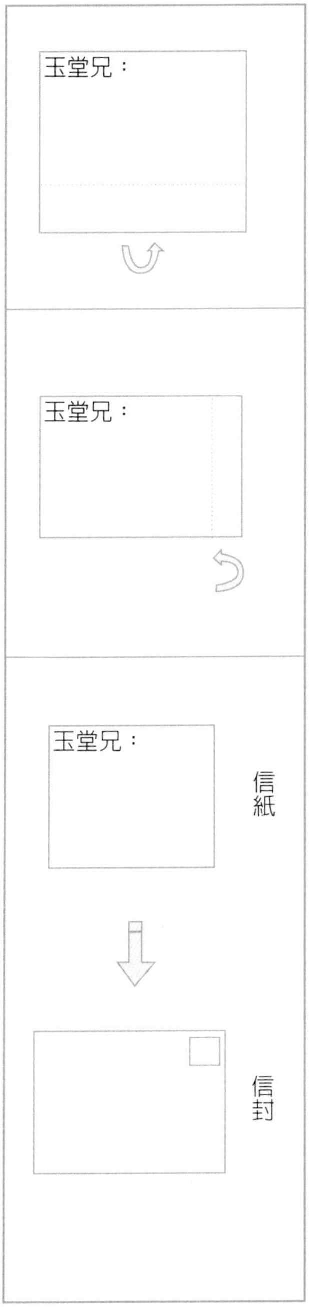

(二)信紙〈寄王以琛師〉

以琛吾師道鑑：敬啓者，路隔山川，神馳　絳帳。今對秋風乍起，又思　吾師安康。猶記當年
拜立　程門，　吾師每依時節令學生等習作詩詞，以模騷人之墨筆，附古人之風雅，其時年歲
尚幼，深以此功課爲苦，而今方知　吾師苦心，亦甚珍惜過去青澀之稿。近日與昔年同窗數人
小聚，滿座皆起探訪　夫子之議，以慰吾等再沐　春風之思。特書此信，敬希　撥冗賜覆，不
勝企盼。肅此上陳，恭請
誨　安

學生
林立昀拜上十月十五日

信紙上空一格的為挪抬方式，換行頂格的為平抬方式。

1. 絳帳：神馳絳帳。東漢馬融教學時，常坐高堂，設絳紗帳，傳授生徒。後以此指師長傳授課業。
2. 程門：程門立雪。宋人游氏、楊氏拜見程頤，正值雪天而程頤小睡，二人不敢驚動，立於門外等候，程頤醒來時，門外積雪已深達一尺。
3. 春風：如沐春風。指遇到良師誠摯教導。

㈢信封

1. 直式信封

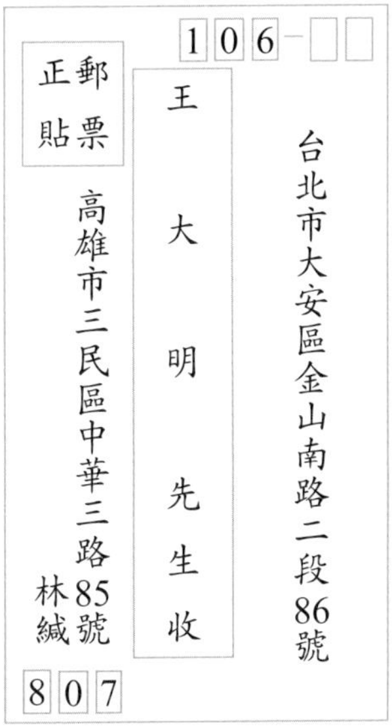
106
郵票正貼
台北市大安區金山南路二段86號
王 大 明 先生收
高雄市三民區中華三路85號
林緘
807

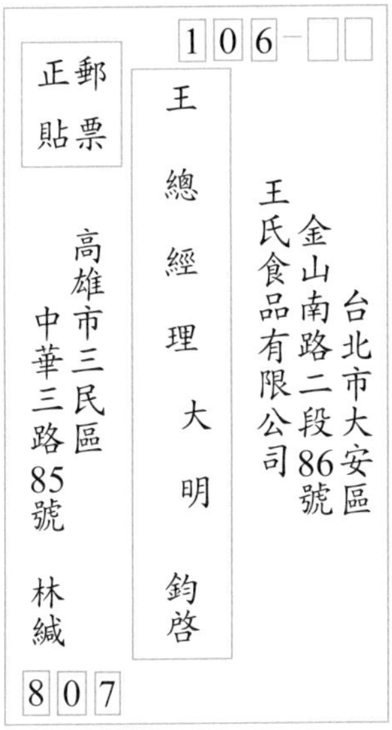
106
郵票正貼
台北市大安區
金山南路二段86號
王氏食品有限公司
王 總經理 大明 鈞啓
高雄市三民區
中華三路85號
林緘
807

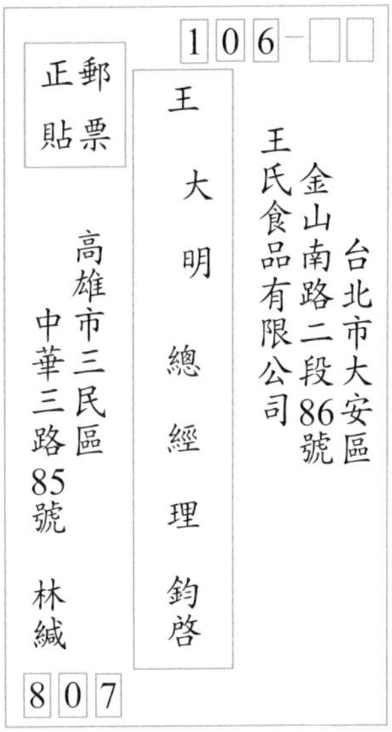
106
郵票正貼
台北市大安區
金山南路二段86號
王氏食品有限公司
王 大明 總經理 鈞啓
高雄市三民區
中華三路85號
林緘
807

2.橫式信封

103
台北市大同區太原路80巷5號
裕記企業股份有限公司

正郵
貼票

106
台北市大安區金山南路二段55號
王　大　明　先生　收

正郵
貼票

106
台北市大安區
金山南路二段55號
王　大　明　先生　收

106
台北市和平東路162號
國立臺灣師範大學華研所

正郵
貼票

806
高雄市前塡區北江街68號
陳　雅　萍　小姐　收

103
台北市大同區
太原路80巷5號
裕記企業股份有限公司

3. 託交信封

敬請

愚兄明道拜託 一月五日

王董事長

弟陳明道敬託 三月十日

4. 專送信封

敬呈

王董事長 大明 鈞啓

陳緘 二月一日

專送

張美芬小姐 收

候覆 陳緘 二月十日

(四)啓封詞

郵寄信封的啓封詞

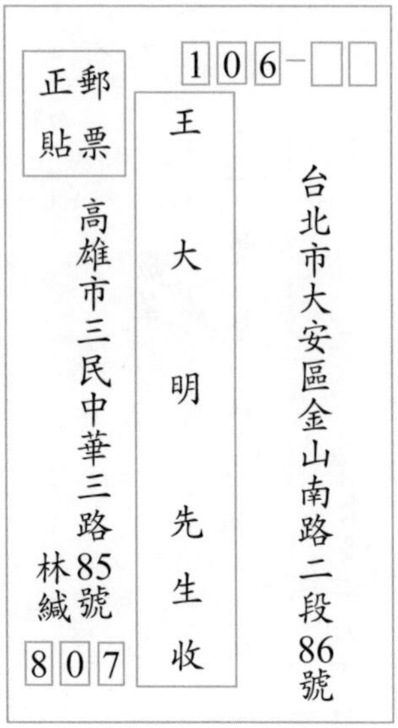

輩分	關係	1	2	3	4
長輩	一般長輩	賜啓	安啓	鈞啓	勛啓
	直系親屬	福啓	安啓		
	長官	賜啓	鈞啓	勛啓	
	師長	安啓	道啓		
平輩	一般平輩	大啓	惠啓	台啓	台展
	文教界	文啓			
	政軍界	勛啓			
	夫妻	同啓	儷啓	雙啓	
晚輩	一般晚輩	收	啓	收/啓	
	學生	收	啓	收/啓	

(五)請託語

下表以○表示帶信者姓名，下表以△表示寫信者對帶信者的稱呼。

信封

王董事長鈞啓

弟陳明道敬託 三月十日

帶信者是寫信者的	收信者是帶信者的	請託語
長輩長官	長輩長官	恭請○△吉便帶呈
	平輩	恭請○△吉便帶致
		敬請○△吉便面交
		敬祈○△攜交
	晚輩	敬請○△擲交
		敬祈○△飭交
平輩	長輩長官	敬請○△吉便面呈
		敬請○吉便面呈
		敬請○面呈
	平輩	敬請○△吉便帶交
		敬請○吉便轉送
		敬請○吉便帶交
		敬煩○尊便面交
		敬煩○面致
		煩交
	晚輩	敬懇○△吉便飭交
		敬請○吉便飭交
		請○攜交
		懇○飭送
晚輩	長輩長官	煩請○吉便面呈
		勞請○吉便面呈
	平輩	煩請○吉便面致
		面呈
		面陳
	晚輩	勞請○吉便面交

五、作業與討論

在了解撰寫信紙與信封的基本注意事項後，請翻閱自己曾經收過的信件，檢查信紙與信封，看看寫信給你的親友們是否也犯了本章內容提及應避免的錯誤，如果有，可試著改正。

六、測驗

（　）1. 下列是一封寫給朋友敘舊的信紙要折疊入信封，請問何者才是正式且正確的做法？

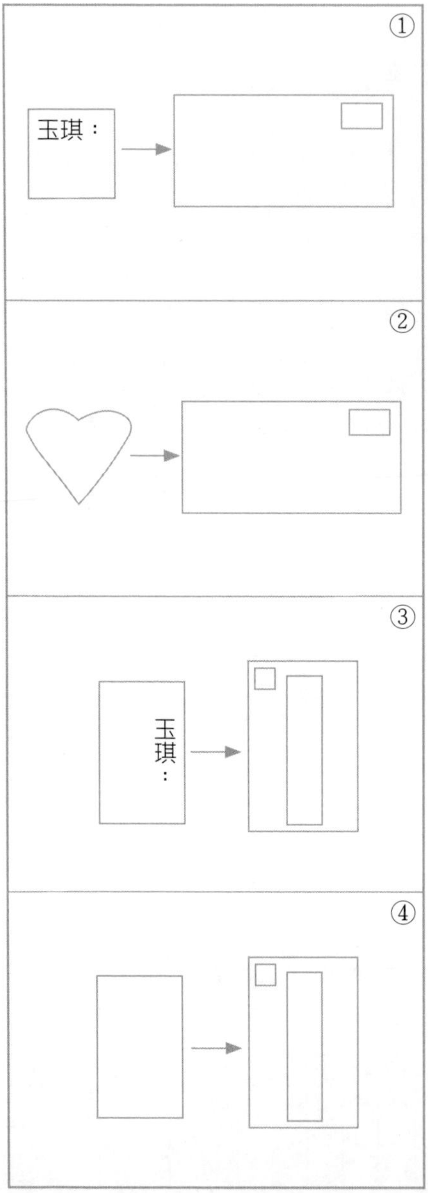

〈解答〉③

①信紙折得太小　②信紙折法過於花俏　④信紙反折用於報凶或絕交。

（　）2. 請問下列哪一封信函所使用的抬頭方式屬於平抬？

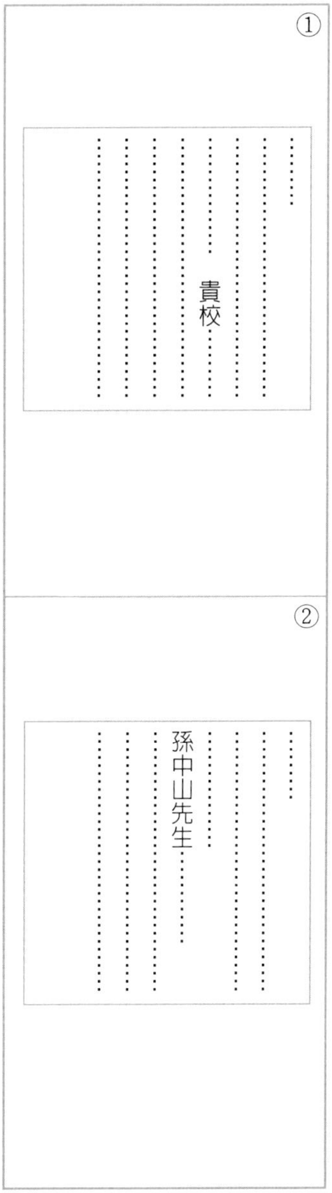

〈解答〉②

①為挪抬。

（　）3. 在台北求學的陳明道想要託到南部遊玩的美芬學妹轉交信件給母親，他在信封上應如何書寫才正確？

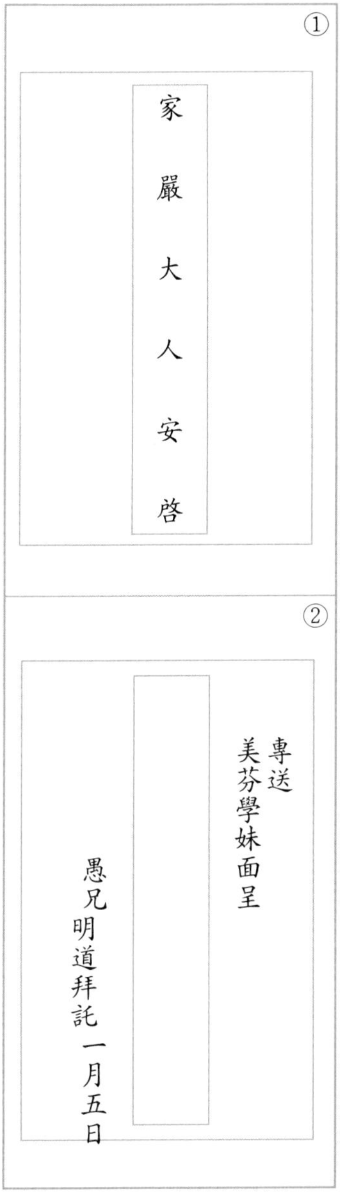

敬請
家嚴大人安啓
愚兄明道拜託一月五日

敬請
美芬學妹面呈家嚴大人
愚兄明道拜託一月五日

〈解答〉

80655
高雄市前鎮區三多三路102號
黃　絾

　　11552
　　台北市南港區南港路65號
　　衛劭谷經理　鈞啓

第七章　格式

本單元學習重點

1. 中文書信格式的特點。
2. 中文書信格式各成分的認識。
3. 掌握中文書信格式的運用。

大綱

一、思考活動
二、中文書信格式的特點
三、中文書信格式的結構
四、中文書信格式名稱的說明
五、作業
六、活動
七、測驗

一、思考活動

雅萍學姐惠鑑：敬啓者

　　你我不見已數年，別來無恙？

　　昨日我一時興起，翻閱兒時相本，看到　陳老師與我們的合照，忽然回憶起兒時的歡樂時光，這些年由於課業繁忙，很少有時間和大家聯繫，至爲思念，我將於今年底拿到碩士學位，希望能暫時舒緩一下課業壓力，屆時再南下探望您和其他同學。

　　正值春暖花開之際，我過敏的老毛病又犯了，整天噴嚏連連，記得你我同病相憐，彼此保重。專此，即請

近安

學妹心華　敬上

問題與討論

1. 這封中文信包括哪幾個部分？
2. 這封信是寫給誰的？是誰寫的？他們之間的關係是什麼？
3. 寫這封信的主要目的是什麼？
4. 「惠鑑」、「專此」、「敬啓者」在信裡的作用是什麼？
5. 「學妹」為什麼要寫在旁邊，而且字體比較小？
6. 你還看到什麼特別的地方嗎？

二、中文書信格式的特點

(一)中英書信格式對比

下面這兩封信是寫法很正式的英文信和中文信，我們比較一下兩者的差異。

118 South State
Chicago. Illinois
U.S.A.
6th January, 2001

Mr. Michael Lee
Graduate Institute of TCSL
162 Ho Ping East Road
Taipei, Taiwan
Republic of China

Dear Michael:
How is everything in Taipei?
I have heard that……………
………………………………..
May you have happiness!

Sincerely,
Megan

p.s. My best regards to your family.

雅萍學姐惠鑑：敬啟者

　　妳我不見已數年，別來無恙？

　　昨日我一時興起，翻閱兒時相本，看到　陳老師與我們的合照，…………………………

……………………………。

　　……………………………………

……………………………………

……………………………………

……………………………………

……………………………………

…………。專此，即請

近安

學妹心華　敬上

2001年3月4日

家嚴囑筆問好。

問題與討論

你看出中文信和英文信有什麼不同嗎？

1. 日期：你知道中文信的日期寫法跟英文信的寫法有什麼不同？中文信的日期寫在哪兒？
2. 地址：英文信寄件人的地址和收件人的地址各寫在什麼地方？中文信呢？
3. 稱呼：英文信怎麼稱呼收件人？中文信呢？你認為有什麼不同？
4. 信末的祝福語：在信件最後，兩封信都有祝福的話，有什麼不同呢？
5. 署名：最後的署名有什麼不一樣嗎？

【說明】

	英文	中文
信頭	右上角寫寄件人地址及寄信日期 左上方寫收信人地址	無
稱呼	私人信函Dear+名字	對方名字＋稱謂＋提稱語＋啓事敬辭
祝福語		結尾敬語＋祝安語
結尾辭	Sincerely 第一個字要大寫	
自稱		寫信人跟收信人的關係
署名	名字	名字
署名後敬辭		敬上
日期		先寫年、月、日

文化小檔案

西元日期寫法有美式及英式兩種。

美式先寫月，再寫日、年。例如：October 10, 2016

英式則日在前，月在後。例如：10 October, 2016

民國：西元1912年爲民國元年，所以2016年就是民國一〇五年。

日本：目前日本的紀元是平成紀年，開始於西西曆的 1989 年。例如：西元2016 年即爲日本曆法元平成二十八年。

回曆：回教國家紀元是以先知穆罕默德遷至麥地那的那一年，也就是西元622年被訂爲回曆元年，西元2019後即是回曆1440年。

佛歷：泰國等佛教國家以佛曆記年，是以釋迦牟尼佛之涅槃年份（西元前543年）起算，西元2017年爲佛曆2560年。

(二)這兩封信有哪些地方不同？

這兩封寫法較簡單的信，大致上都包括了書信的主要結構：「收信者、寄信者、問候語、祝福語、日期、附言」幾個部分。

6th January, 2011

Dear Michael

How is everything in Taipei?

I have heard that.............
....

....
....

May you have happiness!

Sincerely,

Megan

p.s.My best regards to your family.

雅萍學姐：

好久不見，妳好嗎？

昨天我一時心血來潮，打開以前的相本，看到　陳老師與我們的合照，……………………………………。

……………………………………………………………………………………。祝

萬事如意

學妹心華　敬上

2017年7月3日

家嚴囑筆問好。

我們先看看英文信有哪些部分，各部分的中文術語是什麼？

日　期	01.06.2017
收信者	Dear Michael,
問候語	How is everything in Taipei?
正　文	I have heard that.......
祝福語	May you have happiness!
寄信者	Sincerely, Megan
附　言	p.s My best regards to your family.

請你參考上面的表格，完成下面的題目。

左欄的句子，是書信格式中的哪一部分，請在正確的格線內打「✓」。

	收信人姓名	問候語	正文	祝福語	寄信人	日期
好久不見，妳好嗎？						
雅萍學姐：						
昨天我一時心血來潮						
二〇一七年三月四日						
學妹 心華　敬上						
祝　萬事如意						

你一定發現英文信和中文信的某些部分寫法不同，你說得出來有哪些不同嗎？

英文信中，日期（02.05.2017）是寫在信紙的右上方，中文信呢？

英文信中，收信者的部分有"The salutation"和名字"Dear Michael"，中文信呢？

英文信中，祝安語"May you have happiness"寫在同一行，中文信呢？

英文信中，寄信者的部分有"The complimentary close"和"Signature"（Best regards, Megan），中文信呢？

㈢直式和橫式的書信格式

各類應用文中，書信的格式是較複雜也較難學習的，而其他種類的應用文基本上是書信格式的延伸或簡化，所以，先學習書信的格式，有助於對其他格式的掌握。本單元是以私人書信格式為主，其餘將在各單元補充說明。

中文信的內容也跟信封的寫法一樣，可分直式及橫式兩種。現代中文書信雖以橫式寫法為流行，但其實直式才是中文書信的傳統寫法。目前中國大陸已經完全採取橫式寫法，臺灣地區的公文也因應電腦化的書寫方式而改為橫式，至於較為正式書信仍應維持直式寫法。橫式書寫方式之所以越來越普遍，一方面是受西方影響，一方面由於電腦打字習慣所致。

㈣橫式中文信與直式中文信版面

請你先看看以下格式完整的橫式中文信與直式中文信有什麼不同。

雅萍學姐惠鑑：敬啓者

　妳我不見已數年，別來無恙？昨日我一時興起，翻閱兒

時相本，看到　陳老師與我們的合照，……………………

…………………………………。

　…………………………………………………………

……………………………。專此。即請

近安

學妹心華　敬上

二〇一七年三月四日

家嚴囑筆問好。

雅萍學姐惠鑑：敬啓者

　　妳我不見已數年，別來無恙？昨日我一時興起，翻閱兒時相本，看到　陳老師與我們的合照，……。

　　………。專此。即請

近安

學妹心華　敬上

2017年3月4日

家嚴囑筆問好。

信件與信封不同，中文直式書信與橫式書信的差別並不大。不論直式或橫式，書信都有收信者、問候語、正文、祝安語、寄信者、日期等幾個部分（有時也會有附言），這些部分是組成一封信的格式，寫中文信時，這些格式會因收信者與寄信者的關係不同而有不同的寫法，也就是，要依人際關係選用不同的格式用語。

三、中文書信格式的結構

我們將中文信分成三大部分。第一部分是與收信者有關的，第二部分是信的真正內容，第三部分與寄信者有關的。

第一部分：稱謂語、提稱語、啟事敬辭。

第二部分：問候語、正文、結尾敬語、祝安語（祝語及安好語）。

第三部分：自稱、署名、署名後敬辭、日期、附言。

請對照下面書信和格式的名稱。

直式書信

雅萍學姐惠鑑：敬啟者

　妳我不見已數年，別來無恙？

　昨日我一時興起，翻閱兒時相本，看到　陳老師與我們的合照，……………………………。

　………………。專此。即請

近安

　　學妹心華　敬上

　二〇一七年七月八日

家嚴囑筆問好。

直式書信格式名稱

對照以上書信和格式名稱以後，連連看。

1. 稱謂語
2. 提稱語
3. 啟事敬辭
4. 祝安語
5. 結尾敬語
6. 自稱
7. 署名
8. 署名後敬辭

a. 惠鑑
b. 學妹
c. 專此
d. 敬啟者
e. 敬上
f. 心華
g. 即請近安
h. 雅萍學姐

橫式書信

雅萍學姐惠鑑：敬啓者

妳我不見已數年，別來無恙？

昨日我一時興起，翻閱兒時相本，看到　陳老師與我們的合照，……………………………………………。

………………。專此。

即請

近安

學妹心華　敬上

2017年7月8日

家嚴囑筆問好。

橫式書信格式名稱

稱謂語提稱語：啓事敬辭，

開首抒情語

正文………………………………………………………。

…………………………………………………。

………。結尾敬語，祝語

安好語

學妹署名　署名後敬辭

年月日

附言

四、中文書信格式名稱的說明

現代人寫信，不但多以橫式寫法為主，格式方面也較隨意，傳統書信裡不可省略的部分在現代變成可有可無，尤其是「提稱語」和「啟事敬辭」「結尾敬語」三項，多數人寫信時都已經省略了，以上所舉的兩封中文信中出現的這三項（「惠鑑」、「敬啟者」、「專此」），是為了介紹格式的用法加上的。

現在我們對這些格式名稱作一個簡單的說明。

(一)稱謂語—「雅萍學姐」

對收信人的稱呼，要頂格書寫，也就是要從第一行頂端處開始寫，而且後面必須有冒號，表示有話要說。在這一封信裡，收信者雅萍是寄信者心華在學校的朋友，雅萍的年級比心華高，所以心華稱呼雅萍為「學姐」。

稱謂語的部分可以依自己與對方的關係而寫對方的名字或是稱謂詞，也可以寫對方名字加上稱謂詞。一般來說，寫給長輩的信，為了表示禮貌與尊敬，我們不能只寫對方的名字，要寫稱謂詞，如「爸爸」、「外婆」，「文中表叔」，給老師的信，在稱謂方面，我們通常是寫對方的姓加上「老師」，如「王老師」；給平輩的信，稱謂方面較自由，可以依你和對方關係的親疏來決定，如「正國」、「正國表哥」；給晚輩的信，我們通常只寫對方的名字，如「文中（表弟）」，如果對方是自己的學生，可以加上「同學」，如「志民同學」。

所以，私人書信的稱謂語是帶有感情色彩的，要看對方和自己的關係而選擇不同的稱呼方法。這些關係可以分為親屬、師生、朋友等幾種關係，還有彼此輩分的關係也非常重要。

(二)提稱語—「惠鑑」

提稱語的作用是要恭敬地請對方看信的意思，要依照收信人的身分，以及收信人和自己的關係，選擇適合的用語。例如，寫給父母的信可以用「膝下」；給老師或一般長輩的信可以用「尊鑑」；給平輩或朋友的信可以用「惠鑑」；給晚輩的信可以用「青覽」。如前面所提到的，提稱語在現代的白話書信中常被省略。

(三)啓事敬辭—「敬啓者」

與「提稱語」的省略情形比起來，啟事敬辭的省略情形更是普遍，只在正式場合以較文言的語體所寫作的書信中才會使用。

啟事敬辭不只是表達對收信人的敬意，更是用來陳述事情的發語詞，引起後面的陳述內容。對父母常用「敬稟者」；對老師或一般長輩可以用「敬肅者」；對平輩或朋友可以用「敬啟者」。

(四)開首抒情語—「妳我不見已數年，別來無恙？」

問候語的作用就像是人與人見面時，在進入真正話題前會先有的寒暄語，一般都是問候對方或是表達思念。問候語的內容雖然與正文不一定有關係，可是少了問候語，會像與人見面時少了寒暄語一樣奇怪。

(五)正文—「昨天我一時心血來潮，打開以前的相本，看到陳老師與我們的合照，……。」

正文是一封信的重點，依照寫信的用意選擇適當的詞句表達。上面所舉的例子中，正文的第二行「陳老師」前面出現一個空格，這是中文書信的一個重要特色，叫做「抬頭」。

在信裡面提到長輩或值得尊敬的人物時，我們有兩種方法來表達敬意，第一種是「挪抬」，第二種是

「平抬」。

挪抬是在人名前空一格，如「我看到　陳老師與我們的合照」；平抬是將人名提高到另一行最上面書寫，如：

「……昨日我一時興起，翻閱兒時相本，我看到
陳老師與我們的合照，……。」

雖然傳統中文書信中，抬頭是對信中提到的尊長所表達敬意的必要方法，可是現代的白話文書信，通常也不使用抬頭。平抬的使用情況比挪抬更少，通常是要達極大的敬意時才使用，例如提到自己父母時。

使用抬頭時，有三點要特別注意：信中多次提到同一個人時，只在第一次提到時使用抬頭就可以；此外，不要將與自己相關的詞彙也一起抬頭，如「去年　我的老師到美國來」是錯誤的，「去年我的　老師到美國來」才正確；要使用平抬的文字應避免出現在每行的第一個字或前幾個字，才不會顯不出敬意或讓版面看起來雜亂，例如以下兩例是錯誤的示範。

「……，這幾年來　家嚴常常到美國開
會……。」(×)

「這幾年來
家嚴常常到美國開會……。」(×)

關於抬頭的使用，亦可見本書〈信紙與信封〉一章

㈥結尾敬語—「專此」

這個部分與「啟事敬辭」一樣，都只在正式場合，而且在以較文言的語體寫作的書信中才會使用。結尾敬語是恭敬地表示自己要陳述的話到此為止，依收信人不同，用語也不同，如對長輩用「肅此」，對平輩用「專此」。

㈦祝安語—「即請　近安」

祝安語也就是祝福別人一切安好的，分為祝語和安好語兩個部分，安好語寫在另一行最上面。祝語常包括「請」或「祝」，安好語常包括「安」，以下舉的三例是寫給父母、老師和朋友的祝安語。

「……………………………………。敬請
福安」

「……………………………………。肅請
教安」

「……………………………………。順祝
台祺」

祝安語雖然有傳統的用語，但也可簡單地由祝語「敬祝」和安好語「萬事如意」來表達，不論是使用傳統或簡單的祝安語，安好語必定要寫在另一行最上面。

(八)自稱──「學妹」

自稱、署名、署名後敬辭，寫在整封信最末尾處。在這一封信裡，心華稱呼雅萍「學姐」，所以自稱是「學妹」。

自稱要側書，也就是字體要偏小偏右（直式寫法），或是偏小偏上（橫式寫法）。自稱應該與第一部分的稱謂相對應，例如稱謂是「祖父」時，自稱是「孫」；稱謂是「陳老師」時，自稱是「學生」。

(九)署名──「心華」

署名是寫出自己的名字，如「心華」，寫給關係較疏遠的人時，最好也寫出自己的姓，如「林心華」。要特別注意的是，親屬間的長輩寫給晚輩時，可以不寫姓名，只寫自己的身分，如「父」。

(十)署名後敬辭──「敬上」

在署名後空一格寫敬辭，表示對收信人的敬意，如父親寫給兒女時用「示」，如「父　示」；寫給一般朋友時，「敬上」或「上」是最普遍的用語，如「友心華　敬上」。

(土)日期──「2011年3月4日」

署名敬辭寫完以後，日期寫在另一行，署名旁邊。

日期一般只寫月和日，若要寫年，順序是年、月、日。日期下面還可以有別的文字，如寫信人在台北，可以寫「三月四日於台北」或「三月四日於陽光普照的台北」。

(十一)附言「家嚴囑筆問好」

如果有需要補充說明的事情，可以寫在信的最後一行，可以加「又」或「再者」等，如要補充我的父親也向你問候的意思時，可以寫「又，家嚴囑筆問候」，也可以不加「又」，如「家嚴囑筆問候」。

最後，還要注意：信中提到別人的姓名，要注意不能分成兩行寫，否則十分不禮貌；每一行的字數不能只有一個字。

文化小檔案——折信的方式

寫完信以後，正確的折信方式是有字的一面在外，除非是報凶或絕交時，才把有字的一面往裡面折。

五、作業

請按照書信的結構格式，寫信給你的老師，將適當的文字填入空格內：

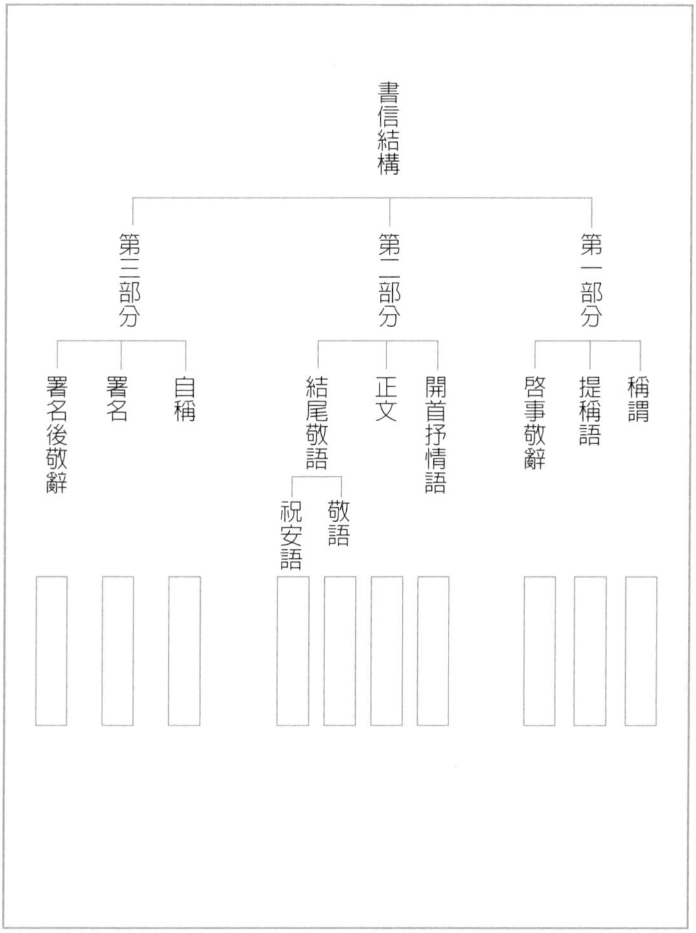

六、活動

請將下面這些詞語，分別填入信紙中適當的位置，並將各詞語對應為書信格式的名稱。

(1)敬啟者，(2)德川兄，(3)多年不見，別來無恙。(4)敬上，(5)大鑑，(6)日前欣聞 吾兄榮膺新職，極為高興，(7)現正值歲末寒冬，彼此保重。(8)即請 近安，(9)學弟，(10)專此，(11)新民，(12)二〇一七年三月四日

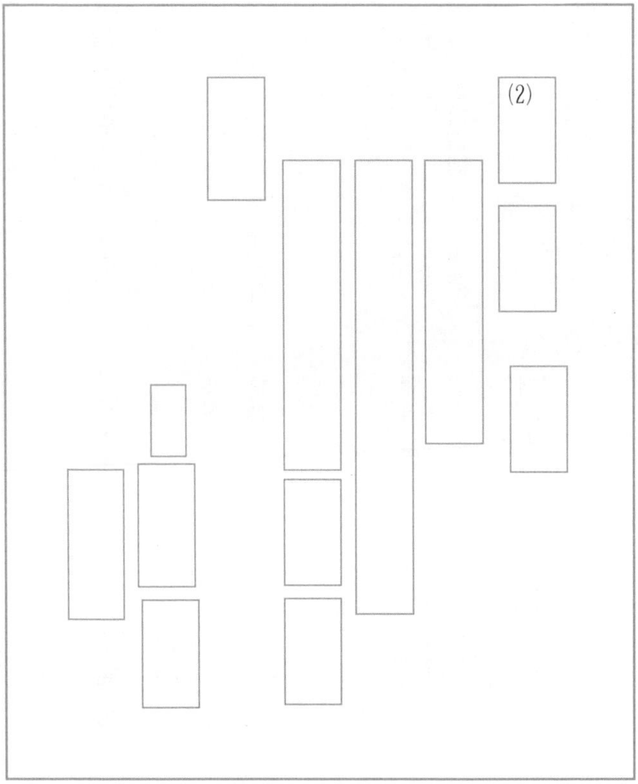

稱謂	(2)德川兄
提稱語	
啓事敬辭	
開首抒情語	
正文第一段	
正文第二段	
結尾敬辭—敬語	
結尾敬辭—祝安語	
自稱	
署名	
署名後敬辭	
年月日	

七、測驗

上完了這一單元，現在你應該更能明白中文信的特別格式了，看看你能不能答對下面的問題？

（　）1. 根據應用文的規則，下面四個「學生寫給老師」的信，哪一個是正確的？

①文德先生：你好 ②文德老師：你好 ③文德吾師道鑑 ④文德：敬啟者。

（ ）2. 下面哪一個是中文信中的祝安語？

①專此 ②惠鑑 ③敬上 ④即請 道安。

（ ）3. 下面哪一個寫法是正確的？

①正文兄：敬啟者 ②正文兄大鑑：敬啟者 ③正文兄：大鑑 ④正文兄敬啟者：

（ ）4. 下面哪一個署名是正確的？

①林心華上 ②心華 ③父文德示 ④父上。

第八章　書信用語

本單元學習重點

1. 中文書信用語在不同情境、不同對象時的用法。
2. 認識在中文書信當中，地位尊卑所傳達的文化觀念。
3. 了解中文書信用語的特性。
4. 掌握中文書信用語的運用。

大綱

一、思考活動
二、書信的結構
三、書信用語分類
四、書信用語的運用
五、作業
六、測驗

一、思考活動

由於歷史文化的因素，中文書信有了「書信用語」的特殊文化，針對不同的人、事有不同的用法，必須依照規定書寫，才是一篇標準的中文書信，尤其是對於長輩、或是工作上的長官，更應該謹慎地選擇適當詞語，才不致失禮，因此書信用語是學習書信寫作的一項重要課題。

「書信用語」根據書信的結構分為：稱謂、提稱語、啟事敬辭、結尾敬語、祝安語、署名後敬辭等六類，最後再加上自稱署名。

你應該知道的10個為什麼。

Q：什麼是提稱語？

A：表示請收信人看信的意思。

Q：「鑑」跟「覽」有什麼不同？

A：一般來說用「鑑」表示比較尊敬，所以對長輩多半用「尊鑑」、「鈞鑑」，對平輩用「大鑑」「台鑑」、「惠鑑」，但是對女性常用「雅鑑」，對晚輩則用「青覽」、「英覽」，當然也有用「青鑑」、「英鑑」的。

Q：爲什麼對父母或祖父母要用「膝下」、「膝前」？

A：表示尊敬，意思是跪在父母的膝蓋下面或前面。

Q：什麼是啓事敬辭？

A：啟事敬辭寫在正文之前，也就是開始以下的正文。不但跟稱謂有關係，跟正文的內容也有關係，比方說：如果是回信的話，就用「敬覆者」，如果要請人幫忙的話，就用「敬託者」，不過現在的私人書信比較不常使用，但正式的公務信函還是使用啟事敬辭。

Q：對晚輩也需要用啟事敬辭表示尊敬嗎？

A：不需要，對晚輩不需要用啟事敬辭。

Q：什麼是結尾敬辭？

A：結尾敬辭，就是書信寫完以後，用來結束正文的尊敬辭語，意思是很尊敬地寫完這封信向您報告。不過現在的書信已不常用了，但是較正式的書信或寫給長輩的信，還是常使用。

Q：在結尾敬辭看到的「肅此」、「專此」、「耑此」、「草此」、「匆此」，有什麼不同？

A：「肅此」、「專此」、「耑此」都是對長輩的結尾敬辭，「耑」就是「專」都是表示特地寫這封信給您。「草此」「匆此」都是對平輩，表示匆忙地寫完這封信。對晚輩一般也不需要用「結尾敬辭」。

Q：什麼是祝安語？

A：就是一些祝福的話，現在的書信也用一些祝福的話，但比較沒有規範，尤其是朋友之間，常用一些簡單的祝福語，如：「祝好」「祝百事可樂」，但是正式信件或給長輩的信函中，還是應該依據書信定則，按對方身分或職業寫不同的祝福語。

Q：在祝安語當中，常看到「×安」「×綏」「×祺」是什麼意思呢？

A：「×安」根據對方的身分工作的不同，用不同的辭語，如：對老師用「教安」祝他教書平安，對商人用「籌安」，「籌」是以前計算數目的工具，就是算錢的工具，所以對商人要祝他做生意賺大錢，就用「籌安」。

「綏」「祺」也都是平安的意思。

Q：署名後敬辭是什麼？

A：表示對收信人的敬意。但是長輩對晚輩不必太尊敬，所以用「示」「諭」，但是有一點要注意，祖父對孫兒輩用「諭」，父親對兒女用「示」。

二、書信的結構

書信的應用很廣泛，但結構仍有一定的格式，大概分為八個部分，這個部分在格式的單元已經作了詳盡的說明，在此再次重複介紹，以增加印象。

(一)稱謂與提稱語（也叫知照敬辭）

稱謂：發信人對收信人的稱呼，因為中國的輩分分得很清楚，所以稱謂也是非常複雜的一部分。

提稱語：讓收信人知曉的文詞，也就是請收信人看信的尊敬詞。

這一部分在表明發信人和收信人之間的關係，所以非常重要。

(二)啓事敬辭

開啟正文的發語詞，跟前面的提稱語緊密配合，如對父母則用「敬稟者」，對平輩用「敬啟者」，對晚輩則多不用。而且啟事敬辭和正文也有關係，如是回信，就用「敬覆者」。

(三)開頭應酬語（也稱開首抒情語）

書信開始的寒暄語，有的表示想念、祝福等。

(四)正文

是寫信的主體，並沒有一定的格式，但是要行文流暢、詞句簡明、措詞得體。

(五)結尾應酬語

針對正文的內容，作禮貌的收結，也分請託、銘謝、饋贈等。

(六)結尾敬辭

書信結尾用的敬辭，可以分成兩部分：

敬語：收結上文的文詞，如對長輩用「肅此」，對平輩用「專此」等。

祝安語：祝福的話，如「敬請福安」。

(七)自稱、署名與署名下敬辭

這部分書寫的位置在中間稍低處，不能太高。

自稱：在署名前的自稱語，應該「側書」就是寫小而且偏右，應該跟前面的稱謂相對，如對祖父母則自稱「孫」，對老師則自稱「生」。

署名：為表示對書信負責，應該署名，否則就成為匿名信，關係較近的可以只寫名而不寫姓。

署名下敬辭：表示對收信人的尊敬，如「謹啟」。

(八)附言

在書信完後，還有附帶的話要說。一種是補充遺漏的部分，一種是問候的附言，一般是寫信人對收信人的親屬，或是其他人請寫信人代為問候所用的文字。

三、書信用語分類

(一)稱謂

下表左欄依輩分關係分長輩、平輩、晚輩，中欄與右欄稱呼對方與自稱的不同用法。

1. 家人

輩分	稱人	自稱
對於長輩	祖父／母	孫／孫女
	父／母	兒／女
	伯父／母	姪／姪女
	叔父／嬸嬸（叔母）	姪／姪女
對於平輩	兄／嫂	弟／妹
	弟／弟妹	兄／姐
	姐	弟／妹
	妹	兄／姐
	吾夫／某某（稱名）	妻／某某
	吾妻／某某	夫／某某
對於晚輩	吾兒／女	父／母
	賢媳	愚（或父／母）
	姪／姪女	愚伯／伯母 愚叔／叔母
	孫／孫女	祖父／母

2. 親戚

輩分	稱人	自稱
對於長輩	外祖父/母	外孫/孫女
	舅父/母	甥/甥女
	姨丈/母	甥/甥女
	岳父/母	婿
對於平輩	親家/親家太太	愚弟/侍生（姻愚妹）
	姐丈（夫）	內弟/姨妹
	妹丈（夫）	內兄/姐
	表兄/嫂 弟/弟嫂	表弟/妹 表兄/姐
	內兄/弟	姐婿/妹婿
對於晚輩	賢外孫/女	外祖父/母
	賢甥	愚舅/舅母
	賢婿	愚岳/岳母

3. 世交

輩分	稱人	自稱
對於長輩	夫子（老師）/師母	生
	世伯/母	世姪/女
	學長/姐	學弟/妹
對於平輩	同學 賢棣/學弟	兄/姐
對於晚輩	世講/世臺	愚

*「夫子」亦為妻子對丈夫的稱呼，所以女學生應避免使用。

(二)提稱語

用途	用語
用於直系尊親如：祖父母、父母	膝下／膝前
用於尊長	尊鑑、鈞鑑、尊右、崇鑑、賜鑑
用於師長	尊鑑、尊前、函丈、壇席、道鑑
用於平輩、朋友	惠鑑、大鑑、台鑑、雅鑑
用於同學	硯席、惠鑑、大鑑、台鑑、雅鑑
用於晚輩	青覽、英鑑、如晤、如面
用於教育界	道鑑、講席
用於政界	鈞鑑、勳鑑
用於軍界	鈞鑑、勳鑑、麾下
用於哀啓	矜鑑

(三)啓事敬辭

用途	用語
用於祖父母、父母	敬稟者、謹稟者、叩稟者
用於輩及長官長	敬肅者、謹肅者 (回信：敬覆者)
用於平輩	敬啓者、謹啓者、茲陳者、啓者
用於請求之信	敬託者、茲懇者、茲託者
用於祝賀	敬肅者、謹肅者
用於訃信	哀啓者、泣啓者
用於補述	再啓者、再陳者

(四)結尾敬辭

1. 敬語（申悃語）：分為對象及用途兩種

用途	用語
用於長輩	肅此敬達、耑肅奉稟、肅此、謹此、敬此
用於平輩	耑此奉達、草此奉聞、耑此、專此
用於申賀	肅表賀忱、敬申賀悃、聊申賀悃
用於弔唁	藉表哀忱、恭陳唁意、肅此上慰
用於申謝	肅此致謝、用申謝忱
用於辭謝	敬抒辭意、敬達辭忱
用於送行	敬抒別意、藉忱別緒
用於申覆	耑此奉覆、耑肅敬覆、肅函敬覆

2. 祝安語（下列表中「○」的符號，表示兩詞語之間應空一格。）

用途	用語
用於（外）祖父母、父母	敬請○福安、恭叩○金安
用於尊長	敬請○鈞安、恭請○崇安、順頌○崇祺
用於師長	恭請○教安、敬請○誨安、恭請○鐸安
用於平輩	敬候○大安、敬頌○時綏、順祝○台祺
用於晚輩	順詢○近佳、即問○近祺
用於教育界	順頌○文綏、敬請○文安
用於政界	恭請○鈞安、敬頌○勳安、祗請○政安
用於軍界	敬請○勳安、敬頌○麾安
用於商界	敬請○籌安、

(五)署名候敬辭敬辭

用途	用語
用於（外）祖父母、父母	叩、叩稟、敬叩、拜稟
用於長輩	謹稟、謹肅、謹稟、敬上、拜上
用於平輩	謹啓、拜啓、敬啓
用於晚輩	諭、示、草（均可再加「手」字，如手諭）
用於覆信	敬覆、肅覆、謹覆

(六)附候語

下列表中「○」的符號，表示兩詞語之間應空一格，「××」表示某人的名字。

用途	用語
用於對方的長輩	令尊大人前，祈代請安，不另。
用於對方的平輩	××兄前，乞代致候。
用於對方的晚輩	並問○令郎等安好
代自己的長輩附問對方	家嚴囑筆問好
代自己的平輩附問對方	××兄囑筆問好

四、書信用語的運用

如何寫一封格式正確、用語恰當的書信。

問題㈠

如果你想告訴你的朋友張力達，你下個月要到臺灣去，應該怎麼寫呢？

第一步：先想一想對方是長輩、還是平輩呢？

答案：是你的朋友，當然是平輩囉！

第二步：查查平輩表格㈠。

平輩表格㈠

（下列表中「○」的符號，表示兩詞語之間應空一格，「××××」表示某人的名字）

對象	稱謂	提稱語	啓事敬辭	結尾敬語	祝安語	自稱	署名後敬辭
	對別人的稱呼	尊敬地請收信人看信	開始書信的發語詞	書信結束的結束語	祝福的話	對收信人稱呼自己	對收信人的尊敬
男性朋友	×兄	大鑑	敬啓者	耑此奉達	敬候○大安	愚弟	謹啓
	×吾兄	惠鑑	謹啓者	專此	敬頌○時綏	弟	手啓
	×學兄	台鑑	茲啓者	草此	順祝○台祺	妹	拜啓
女性朋友	×姐	雅鑑	啓者	草此奉聞	即請○近安	妹	敬啓

你想空格裡應該填什麼答案？

稱謂	提稱語	啓事敬辭	結尾敬語	祝安語	自稱	署名後敬辭
力達兄		無	無	順頌 大安	弟	

問題(二)

如果你想寫信給你的老師陳大年，你應該怎麼寫呢？

第一步：先想一想老師是長輩還是平輩呢？不會是晚輩吧！

答案：答對了，是長輩。所以呢？

第二步：查查長輩表格(二)。

長輩表格(二)

（下列表中「○」的符號，表示兩詞語之間應空一格。）

對象	稱謂	提稱語	啓事敬詞	結尾敬語	請安語	自稱	署名後敬詞
	對別人的稱呼	尊敬地請收信人看信	開始書信的發語詞	書信結束的結束語	祝福的話	對收信人稱呼自己	對收信人的尊敬
祖父母	祖父母	膝下	叩稟者	耑肅奉稟	敬請○福安	孫、孫女	叩稟
父母	父母	膝前	叩稟者	肅此敬達 肅此	訴請○金安	兒	敬叩 拜稟
長輩的朋友或朋友的父母	伯父母 世伯父母	尊鑑、賜鑑 鈞鑑	敬肅者 謹肅者	敬此 謹此	敬請○尊安 順頌○崇祺	姪 姪女	謹啓 拜上
師長	吾師 老師	尊前、尊鑑 壇席	敬肅者	敬此 謹此	恭請○鐸安 敬請○教安	學生 受業	敬上 謹肅

你想空格裡應該填什麼答案？

稱謂	提稱語	啓事敬辭	結尾敬語	請安語	自稱	署名後敬辭
	尊前		肅此	敬請誨安		敬上

問題㈢

你的老師陳大年很熱心，馬上給你回信，你是他的學生，他會怎麼寫給你呢？

第一步：對陳老師來說，你是他的平輩嗎？

答案：當然不是平輩囉，張老師比你老多了，他是你的長輩，你是他的晚輩。

第二步：查查看晚輩表格㈢。

晚輩表格㈢

（下列表中「○」的符號，表示兩詞語之間應空一格，「××」表示某人的名字）

對象	稱謂	提稱語	啓事敬辭	結尾敬語	祝安語	自稱	署名後敬辭
	對別人的稱呼	尊敬地請收信人看信	開始書信的發語詞	書信結束的結束語	祝福的話	對收信人稱呼自己	對收信人的尊敬
兒女	吾兒、女	××如晤	無	無	附頌○日佳	父、母	諭
兒子的太太（媳） 女兒的先生（婿）	賢媳 賢婿	××清覽 ××如面	無	無	順頌○近佳	父、母	草 示
學生	××賢棣	××青覽	無	無	即詢○近祺	愚師	草

在空格處應該填什麼？

稱謂	提稱語	啓事敬辭	結尾敬語	請安語	自稱	署名後敬辭
	青覽	無		即問近好	師	

問題(四)

你的朋友陳文華結婚了，你應該寫一封祝賀他的信，你知道怎麼寫嗎？自己查查看。

稱謂	提稱語	啟事敬辭	結尾敬語	請安語	自稱	署名後敬辭
文華姐	雅鑑		敬申 賀悃		友	謹賀

想一想：

1. 他跟你的關係是什麼？
(1) 長輩　(2) 晚輩　(3) 平輩。
2. 啟事敬辭應改寫什麼？
(1) 啟者　(2) 謹肅者　(3) 哀泣者　(4) 敬託者。
3. 結婚應該寫什麼以表達祝賀之意的祝安語呢？
(1) 敬請○福安　(2) 順賀○大喜　(3) 恭請○崇安　(4) 即請○財安。

五、作業

請比較以下兩封信有哪些不同？你知道不同的原因嗎？

海兒[1]如晤[2]：

　昨讀來信，知悉一切安好，頗感欣慰！

　此次送你赴美就讀，希望你能刻苦努力，學成歸國。求學如同登山，並無捷徑，必須用功努力，才有所成。上課當專心，勤於思索，務求徹底了解；課餘時間也不可浪費，應多閱讀英文讀物，多跟同學切磋學習；你自幼聰明，若能勤奮苦讀，持之以恆，學業必有大進步。為父之言，你當切記在心。即問[3]

學安

父 示

二〇一七年一月五日

張所長[4]賜鑑[5]：敬稟者[6]

　謝謝您親赴機場送別，別後就乘華航　班機西飛，經過十四小時，五日下午抵英國倫敦，辦妥入關手續，出關時已近傍晚。令郎來機場接我，並邀至其住所休憩，次日又開車送我到研討會場。倫敦風景優美，歷史文化豐富，令人流連忘返，我打算停留數日後再轉往都柏林任職，抵達後當即再函奉達。專此[7]，恭請

教安[8]

門下晚生 文華敬啓

二〇一七年一月五日

看完了這兩封信，請回答以下的問題：

1. 上面的這封信是寫給誰的？
2. 「賜鑑」是對誰的提稱語？
3. 如果下面這封信的稱謂寫「張大民」，這個寫法錯了，為什麼？應該怎麼寫？
4. 「敬稟者」是什麼意思？
5. 在信中對晚輩的祝安語是什麼？
6. 「示」是寫給誰的？
7. 「示」和「敬啟」哪一個是寫給長輩的署名後敬辭？
8. 「專此」是結尾敬辭還是啟事敬辭？

經過以上的介紹，你可以看得出來下面這封信有什麼錯誤嗎？請找找看，有五個錯喔！

王中平校長硯席：日昨接到美國密西根大學經濟學院院長的信，將於本年十一月六日訪問台北，十二日回美，希望能與臺灣的經濟學者晤談。暫定於十一月九日（星期五）下午五點，假台北市福華大飯店舉行聚餐，歡迎參加。草此，恭請
福安
弟
李文東手草

第一個錯：
不能直接稱呼校長的全名。應改為：「平公校長」。對長輩或有較高職位的人，稱謂可用名（字、號）中的一字，其下加「公」、「老」等字表尊敬。
第二個錯：
「硯席」是用於學生，而不適用於平輩且地位高的校長，宜改為：「道鑑」或「勳鑑」。
第三個錯：
「草此」是對地位較低的平輩用的，宜改為：「專此」、「耑此」均可。
第四個錯：
「恭請○福安」是對父母等長輩時所使用的，宜改為：「順頌○勳綏」或「肅請○鈞安」。
第五個錯：
「手草」是對晚輩用的，宜改為：「敬啟」、「謹啟」都可以。

六、測驗

1. 李大偉為了申請臺灣的一所研究所，好不容易寫好了一封信給某大學研究所的所長，可是這封信不小心被小孩子撕破了，請同學一起來幫他拼起來，然後再寫成一封完整的信件。

請選擇正確順序，並請填上用語的名稱。

書寫順序	被撕破的信	名稱
7	王文華謹啓	署名後敬辭
	耑此奉稟	
	敬請鑑察，並請賜覆。	
	久仰貴所是目前世界上最具規模而師資優良的研究所，敝系所教授均大力推薦學生申請，我在校期間主修中文，也曾選修許多語言學課程，對中文的語法、語音極有興趣，如果外籍學生想要申請貴所，須具備什麼條件？是否須參加語言能力測驗？隨信附上畢業證書、自傳、推薦信兩份。	
	李所長尊鑑：	
	肅請○教安	
	敬肅者	

第九章 私人信函

本單元學習重點

1. 學習私人信函的格式、用語以及寫作方法。
2. 能視寫作對象的不同使用正確的格式與用語。

大綱

一、思考活動
二、書信格式與用語
三、情境寫作
四、範例
五、作業與討論
六、測驗

一、思考活動

1. 如果你要寫信給你的老師，你要如何稱呼他呢？寫完信之後，你要使用什麼結尾敬語與祝安語呢？
2. 寫信給長輩與老師，在稱謂上有什麼不同呢？
3. 寫書信的時候，有沒有特別的格式？
4. 請看看下面的書信有什麼錯誤，並加以改正。

親愛的李老師：

你最近好嗎？我希望你一切都很好。

回到美國以後，說中文的機會不多，我想，我每天都得自己再學習了，要不然，中文能力可能會退步。我的公司是一個新的公司，老闆給我很多工作，每天下班，一回到家，我就累得睡著了。

中文班的同學是不是都會在台北過年？我決定12月回去臺灣的時候再拜訪你們，請你替我告訴同學們。想起我們全班去年在晚會上的表演，覺得眞有意思，如果有時間，今年我們是不是還可以參加？

我住的城市天氣和台北不一樣，比較冷，今天下雪了，很漂亮，不過，出門的時候有一點兒不方便。去臺灣的時候，我會帶照片給你們看。

萬事如意！

誠心地
大衛
二〇一七年六月五日

二、書信格式與用語

私人信函就是私人之間來往的書信。這類信件有特定的閱讀對象和寫作目的。中文私人書信格外重視寫作的格式，並且依據不同的私人關係而使用不同的用語，而這正反映了中國的文化傳統與倫理關係。如果用錯了這些詞語，就會被認為不合乎禮節。

本課程的目標即在透過此教學活動，能使學生熟悉中文的私人書信格式以及書信用語，並能在各種情境之下，正確地書寫一封得體的中文書信。

(一)書信格式

中文書信大致可分三個部分：第一部分是與收信者有關的，第二部分是信的真正內容，第三部分與寄信者有關的。

第一部分：稱謂語、提稱語、啟事敬辭。

第二部分：問候語、正文、結尾敬語、祝安語（祝語及安好語）。

第三部分：自稱、署名、署名後敬辭、日期、附言。

這一部分詳見第七章：格式，與第八章：書信用語單元。

(二)書信用語

在書信中，根據雙方身分的不同，所用的詞語亦有所區別。例如寫信給平輩親友，可用下表詞語。

稱謂	兄/嫂	弟/弟婦	姐/妹	吾夫、妻	表兄嫂/表姐妹/表弟妹	內兄弟
提稱語	台鑑、大鑑	大鑑	惠鑑、雅鑑	收覽、如晤	大鑑	台鑑
啓事敬辭	（可省）	（可省）	（可省）	（可省）	（可省）	（可省）
結尾敬語	謹此、耑此奉達	耑此、草此	草此、專此	謹此、草此	耑此、謹此	耑此、謹此
祝安語	敬請　台安 敬候　大安	順頌　台祺 即請　近安	順頌　時綏	順候　起居	即頌　時祺	此頌　台綏
自稱	弟/妹	兄/姐	兄弟姐妹	妻/夫 （某）	表弟/妹	姐/妹婿
署名後敬辭	敬啓	手啓	謹白	上	拜啓	上

如果要寫信給老師，所用的詞語可參考下表：

稱謂	某（姓或名字）老師
提稱語	講座、尊鑑、尊前、壇席
啓事敬辭	謹啟者、敬肅者
結尾敬語	耑此奉達、肅此、謹此
祝安語	敬請　道安、敬請　誨安
自稱	生、受業、學生
署名後敬辭	謹稟、敬上、謹肅、拜上

除了格式方面的用語之外，在書信內文當中，還可藉由不少固定的詞語來表達關懷之意。雖時代不同而這些詞語已較少使用，但在書信撰寫上，還常保留這樣的思維。以下依功能不同，列出一些內文常用的詞語，並附上較為現代的說法。

(三)開首抒情語

無論書信寫作對象為何，在正文前應視對方的身分，先行寒暄，此部分即為開首抒情語，亦可稱為開首應酬語。開首抒情語最常見者為表示問候，但其內容不限於此，亦可包含思慕、讚頌、祝福等。較為常用者如：「您好」、「又逢佳節，想必你一切安好？」、「欣聞……，特致祝賀」。

較為傳統的開首抒情語如下：

昨得手書，反覆讀之。

久未聞消息，唯願一切康適。

久仰　高風，未能德宇。

手書已接多日，今茲略閑，率寫數語。

分手多日，別來無恙？

當此春風送暖之際，料想身心均健。

音問久疏，抱歉良深。

欣聞……，謹寄數語，聊表祝賀。

雖傳統開首抒情語已較少使用，但撰寫時的思維仍是學習的重點。開首抒情語表達的情感通常是三大類：思慕、問候和收到對方來信的相關心情。

與思慕相關的，可能是對親友表達思慕，可能是對未曾謀面的人表達景仰之情，或是頌揚對方。如果是對親友，均為表達思念。至於未曾謀面者，則可視情形選擇景慕或是頌揚。

畢業已經很久了，非常想念老師。
很久沒聯絡了，常常不經意地想起你。
久聞您在這領域的成就，一直沒機會跟您見面。
傾慕您的文采已久，但未有機緣和您見面。

與問候相關的，可表示回憶分離的景況或是表達久未聯絡的情形。或是告知對方自己的近況，讓對方放心。

上次見面至今，已經過了兩年了。
工作繁忙，一直沒時間問候近況。
功課繁重，未能保持聯絡。
家裡一切平安，謝謝你的關心。
最近身體依舊，毋須掛念。
工作順利，謝謝你的掛念。

另外一種問候的情形是與見面相關，可能是在見面後寫信開頭所用的問候，或是拜訪未遇時所用的開頭抒情語。

前幾天到　貴公司拜訪，收穫甚豐。
昨日拜訪，承蒙招待，備感欣幸。
前日拜訪，剛巧您外出，未能見面。

最後則是與收信相關的，可表示收信時的心情，或是寄信後，再寄另封信時，提醒對方所提及的事情，或是接續前面所談論的主題。

收到來信，一切都已了解。

之前寄的信，想必已收到了。

當然此三類格式並非絕對固定，只要言辭懇切，有時也可多種形式並用，如回信的開頭也可以強調思慕之情，「正寫信問候，沒想到就收到來信」。

㈣結尾抒情語

除開首抒情語外，結尾抒情語也是書信寫作重要的一環。在正文後面，結尾敬辭之前，應有幾句結尾抒情語，配合正文內容作簡單的結論。

草率書此，祈恕不恭。

特此致候，不勝依依。

日來事忙，恕不多談。

專此奉復辟。

一般而言，結尾用語所表達的情感多為：請對方原諒、請求、與送禮相關的、問候或是表示感謝。請對方原諒的，可能是提出某些要求，希望對方原諒並接受；或是因為雙方關係特別，在正文中說了較為特別的話或提出特別的要求，自覺冒昧，所以在正文後再次請對方諒解和幫忙。如果對象為長輩，致歉就要更為恭敬。如果預定拜訪對方，但最後卻無法前往，也必須說明原因。

不情之請，尚祈見諒。

誼屬通家，敢陳芻言。

冒昧上陳，有瀆清聽。

本擬躬親登○堂致賀，奈路隔雲山，未克如願。

較為現代的寫法為：

冒昧提出要求，還請　包涵。

因往日情誼，才冒昧要求。

冒昧向您報告，耽誤了您寶貴時間。

造成困擾，深感抱歉。

本來準備親往祝賀，無奈身體不適，未能前往。

除了請求對方原諒以外，另外一種是單純請求。可能是請別人指點、請別人幫忙、期望對方同意或是請求對方回覆。

如蒙　鴻教，無任感盼。

倘荷　培殖，感激不盡。

敬祈 慨允。

魚雁有便，幸賜 佳音。

現代版本建議如下：

如能指點一二，感激不盡。

如獲 提拔，永誌難忘。

懇請 同意。

如果方便，煩請回信。

與送禮相關的，包含餽贈和請收兩部分。饋贈是隨信附上禮品或禮金時，用以表示贈品名稱、數量與用途。請收語是表達希望對方收下的心意，但亦可省略。

謹具微儀，以申喜敬。敬祈 鑑納

謹具薄儀，聊表哀敬。伏請 台收。

較為現代寫法：

隨信附上家鄉特產一包，不成敬意，希望你喜歡。

最後是問候與感謝。問候語視雙方關係、寫信時令而定，可以是問候，也可以是表達紙短情長的依依之情。感謝語則是視正文需要，誠摯表達感激之意。

乍暖還寒，尚祈　珍攝。

秋風多厲，珍重爲佳。

臨風翹盼，不禁依馳。

感荷　隆情，無以言喻。

較為現代的寫法：

最近天氣多變，還請善自珍重。

感謝您熱情招待。

三、情境寫作

情境一：耶誕節前一封感謝信

高偉立去年在臺灣留學，當時他住在一位老太太家中，那位老太太把他當作自己的孩子一般，尤其是過年過節的時候，不但招待他吃飯，還送他一些小禮物。當高偉立的父母來臺灣看他的時候，也請他們出去玩。現在快到聖誕節了，高偉立也準備了一些小禮物，打算寄給那位老太太，可是現在他碰到了一個困難，他不知道應該怎麼寫這封信，一直拖到聖誕節都快過了，還沒動筆，你能幫他的忙嗎？要是你要對一位不太熟悉的長輩表示你的感謝，並且祝他聖誕節快樂、身體健康，你應該怎麼寫這封信呢？

問題討論

1. 這是一封什麼性質的信？
2. 寫這樣的一封信，你應該注意什麼問題？

例子：

王伯母尊鑑：

轉眼之間，回美國已經快半年了，我目前的工作相當順利，在一家投資顧問公司做股市分析的工作，常常需要看中文的報紙，報告臺灣股市的情形，但是很少有機會說中文，我想我的中文一定退步很多。

現在是冬天了，紐約的冬天讓我懷念台北，記得去年台北寒流來的時候，我們一回到家，您已經準備好火鍋，等我們一塊吃飯，我跟安德魯都感動得不得了。非常感謝您對我們的照顧。

今年台北的天氣怎麼樣？您的身體還好嗎？我常常跟您的兒子電話聯繫，上個月我出差到加州的時候，還跟他見了一面，也看到您的孫子，非常可愛。

聖誕節快到了，我母親自做了一張卡片要送給您，謝謝您上次的招待，並祝您闔家安康。敬祝

聖誕節快樂，新年如意

晚 偉立敬上
二〇一七年一月十三日

附：我記得您愛喝咖啡，因此隨信附寄聖誕禮物咖啡一盒。

情境二：第一次約會的情書

高偉立認識美真已經一個多月了，他非常欣賞美真開朗的個性，優美的氣質，更難得的是，美真不但有美麗的外表，還有一顆善良的心，偉立剛來臺灣的時候，人生地不熟，在美真熱心幫助下，偉立漸漸習慣了台北的生活。所以偉立一直想約美真單獨出去玩，因此他決定寫一封文情並茂的信來打動美真。可是應該怎麼寫？這可難倒了偉立。可以寫「親愛的美真」嗎？對中國人來說，寫第一封信可以這麼親密嗎？他應該問誰呢？

問題討論

1. 要是你要寫一封信給你欣賞的對象，你會直接稱他（她）「親愛的」嗎？在信中你應該怎麼署名呢？
2. 你要怎麼表示你的傾慕，但是不會太肉麻呢？

例子：

美眞同學雅鑑：

對不起，很冒昧地寫這一封信給妳，我們認識已經一個多月了，我非常感謝妳這一個多月以來耐心地幫助我，讓我在這個陌生的環境裡，不至於感到孤獨。而每當我看到妳的笑容，就充滿信心，好像只要有妳在身邊，一切問題都會解決，當妳溫柔地爲我解說疑問，我就覺得好溫暖。可是我一直不敢告訴妳，更不敢冒昧地約妳。今天我終於鼓起勇氣，向妳表示我的心意，也想邀請妳跟我一塊兒去陽明山健行，妳願意嗎？我星期六早上8點在學校門口等妳，希望妳能來，也希望妳能接受我的感情。我會一直等妳。祝

一切圓滿如意

仰慕者 偉立上

二〇一七年一月十三日

情境三：與恩師分享喜悅的一封信

瑪麗在臺灣大學拿到了博士學位，並且找到了一份很好的工作。她打算寫一封信給她當年在大學的一位老師——王大年，和他分享這個好消息。

如果你是瑪麗，你應該怎麼寫這封信呢？請動手寫寫看！

以下有一篇有趣的書信，是一封情書，用了許多個「心」，你算得出來總共用了多少帶有心字的詞彙嗎？

我心愛的：

恕我冒昧之心，暢述我的傷心，妳的美麗使我驚心，差點失去重心和垂心，我對妳一見傾心，讓我無法靜心，縱使嫦娥下凡我也不會動心，雖然妳是一片冰心，我也不會灰心，我已經下了最大的決心、耐心，再加上小心、細心、留心，絲毫不敢粗心，捧著我最眞摯的心，希望和妳永結同心，請妳放心，我不會對妳負心，加強妳的信心，希望妳不要多心，天地良心，我對妳一定專心，不會偷心，此生此世我絕不變心，星星知我心，我以一顆痴心，靜待妳的芳心，即使海枯石爛我也不會死心，請妳別叫我傷心，在我的內心，妳是我的甜心，請妳可憐我的一番苦心，莫讓我寒心，使我秋霜寸心。

這封信句句代表我的眞心，希望能贏得妳的鐵心，希望約妳出來散心，讓我們彼此交心，妳不答應我就絕不甘心，請勿辜負我的好心與善心。

最後祝妳歡心

死沒良心的

註：此文乃引用它處，但原撰寫者不詳，內容經作者修改。

四、範例

(一)名人書信(一)

胡璉寫給父親及妻子之訣別書：

（註：胡璉（1907~1977），字伯玉，中華民國陸軍將領。民國三十二年抗戰期間，日本軍於湖北西部發動攻勢，進攻長江三峽的門戶——石牌要塞，胡璉當時任國民革命軍第十一師師長，率領所部扼守石牌要塞核心陣地，在大戰前的五月二十七日寫下了給父親和妻子的訣別書。）

胡璉寫給父親之訣別書：

父親大人：

兒今奉令擔任石牌要塞防守，孤軍奮鬥，前途莫測，然成功成仁之外，當無他途。而成仁之公算較多，有子能死國，大人情亦足慰。惟兒於役國事已十幾年，菽水之歡，久虧此職，今茲殊戚戚也。懇大人依時加衣強飯，即所以超拔頑兒靈魂也。敬叩　金安。

胡璉寫給妻子之訣別書：

我今奉命擔任石牌要塞守備。軍人以死報國，原屬本分，故我毫無牽掛。僅親老家貧，妻少子幼，鄉關萬里，孤寡無依，稍感戚戚。然亦無可奈何，只好付之命運。諸子長大成人，仍以當軍人為父報仇、為國效忠為宜。戰爭勝利後，留贛抑回陝可自擇之。家中能節儉，當可溫飽。窮而樂古有明訓，你當能體念及之。

十餘年戎馬生涯，負你之處良多。今當訣別，感念至深。茲留金錶一隻，自來水筆一枝，日記本一冊，聊作紀念。接讀此信，毋悲亦毋痛。人生百年，終有一死，死得其所，正宜歡樂。

匆匆謹祝珍重。

(二)羅家倫（1897~1969）

一九二〇年代，中國處於南北分裂。知識分子經過五四運動的洗禮，都深深感受到國家民族的危機，各自尋求報效國家的途徑。羅家倫先生在北大求學期間，熱烈響應「新文化運動」以及各種社會活動。他在大學主修的是外國文學，對西方文化思想有濃厚的興趣。他畢業時，正好一位企業家捐出五萬銀元給北大設立獎學金，用來派遣有能力及學識的畢業生到歐美留學。經過北京大學校長蔡元培的推薦，羅家倫和四位同學被選為這項獎學金的第一批學生。他選擇普林斯頓大學作為他進修的研究院。

以下這封信是羅家倫一九二〇年在普林斯頓寫給張薇貞女士的第一封信。他之前曾在船上寄了一封明信片，自此展開長達七年的書信往返。在這封信中充分顯出羅先生對求學的專注和愉悅之情，以及對張薇貞女士唸書的關心和鼓勵。從信中可看出中國文人對感情的內斂與含蓄。

薇貞吾友：

到美後無暇致書左右，歉甚。途中寄一片，不知收到沒有？你近來的學業，想必大有進步；在湖州生活如何？

我在上海動身時曾病，途中華僑多知道我的名字，沿路有會歡迎，總是由我起來代表演說；又經五日長途火車，所以到紐約時我困頓已極。

紐約社會太緊張，對於神經的刺激太大；我於是轉往普林斯頓，離紐約一點多鐘火車。我現在普林斯頓大學院治文哲學，兼及教育。普校亦美國極著名的第一流大學，而大學院尤有精神。教授中多當代學者，同學中亦多深造之士。大家一同吃飯，一同看報，一同聊天，一同研究，四周眞是在學者空氣包圍之中了！

此地風景也好極了！秋天的景象，襯出滿林的霜葉。明媚的湖光，傍著低迴的曲逕，更映出自然的化工。晚間霜氣新來，樹影在地；獨行踽踽，覺得淡淡的月色常對著我笑。唉！

我愛此地極了！今寄上大學院照片一張，聊供清覽。

此校係英國牛津大學式，無女學生。中國學生不過數人，無好者，惟與我同在一處的一位饒樹人兄，也在大學院，（大學院中國學生僅我們兩人，餘在本科。）品行學問都是極好的，於明年可得博士（物理學）。他回國過上海時，我希望你可以見他談談。忽促不盡欲言，伏希珍重。

弟家倫

十二月十三日，美國普林斯頓大學院

(三)名人書信(二)

張道藩致蔣碧薇的最後一封情書：

（註：張道藩（1897~1968），早年留學歐洲學習美術，為知名的文藝界人士，並擔任過立法院長。他於一九二一年結識了才女蔣碧薇，兩人在四十多年間幾度離合，其間共寫了兩千多封情書，此信是在一九六六年寫於台北，是張寫給蔣的最後一封信。）

雪：

我今晚打電話給你，你也許覺得很奇怪！自從我們送平陵兄靈柩落葬的那天，自陽明公墓墓地送你回家以後，又是幾年沒有見到你了，也許你以爲我忘記你了。然而，自從我遵照你的意旨，遷出溫州街九十六巷十號，至今已經七年多了，我沒有一天不在想念你。三年前，自我受洗成爲基督徒，我便常常在星期日上午十時半至十一時半，到溫州街九十六巷五號信友會教堂做禮拜。每一次都可以從教堂樓上的窗戶憑眺我和你一同住過十多年的房頂，我曾很多次以我虔誠的心向上帝禱告，爲你祈福。平時，每天也總會有很多事物，使我觸景生情，想到了你。你相信嗎？最近十一個月以來（自從你發表《回憶錄》起），更使我每月都有幾次緬懷往事，深宵不寐，尤其是剛開始讀你的《我與道藩》幾期以後，越是如此。

昨晚（現在已是六日上午三時了）讀晚報，知道寇拉颱風雖然不算強大，但據此間美國軍方氣象人員說，可能會降豪雨。所以美軍、美僑都在做防水準備。回想波米拉颱風襲台時，我通化街住宅園中積了兩尺深的水，只差一截便將進入屋內。蘇姍是向來怕水的，看到那種情景，居然引發了心臟病，病了一個多月之久。上月初臺北大雨，大門口街道上只不過積水數寸，她即已憂懼不寧，鬧著要上草山（她本不喜歡上草山，更不願住著這幢房屋）。當時我說：「根據我的判斷，絕對不會像數年前的那一次一樣！」她說：「我一見街上的水這麼深，早已心慌意亂，如果再像上次一樣，那我會被害死的。」於是我們只好匆匆地開車避到草山。便在那個時候，我就想打電話給你。不過，旋即我又想到，我自己既已判斷這一回絕不會釀成水災，那又何必引起你的一場虛驚？考慮再三，結果還是沒有打電話。——這是近年來我第一次想打電話給你的經過。

昨天晚上六點鐘，倒是由我主動避到草山來的。我在汽車裡一直在想，無論如何都要打個電話給你。因爲你現在住的溫州街九十六巷八號之一，屋基比十號更低，以前就曾幾度幾乎進水。

尤其是我想假如臺北市區雨大，海水因颱風吹動，發生海嘯，倒灌進淡水河，溫州街便會有被水淹的可能。到那時候我和蘇姍得免於水災，而你反遭水厄，我的心能安嗎？因此，我鼓起勇氣，撥了你的電話，誰知接電話的不是同弟，那位下女聽不出我的聲音，連連問我找誰？逼得我不能不講：「我找蔣先生。」她總算聽懂了，於是，我又聽到了你的聲音！當我聽到你爽朗的聲音時，使我心跳不已。在驚喜之餘，也許我有點激動，因而只簡短地交換數語，一次嚮往已久的通話，便這麼悵然地結束了。然而，通話後，十點半鐘我便上床，直到深夜兩點還是睡不著。我心知今夜失眠已成定局，不如爽性起來給你寫信。這便是我忽然又跟你寫信的由來。

——此刻已經是上午三點五十八分了，颱風還不算大，雨勢也不見得怎麼猛，大概你所在的臺北市區也跟草山一樣。果若如此的話，那麼我們大家又可以僥倖免除一場水災了。我有許許多多的話要和你說，也有許多關於我們兩人的文字，——我所寫的文字要給你看。還有一件最重要的事必須與你商量，假如你不拒絕和我見面的話，請你指定一個時間（每星期一下午、星期三上午我必須到中央常會）。我將登門拜訪，和你長談一次。如何決定，希望你寫信寄到我的家裡。

祝你平安快樂！

宗上

五十五年九月六日上午五時於草山

五、作業與討論

在這一課裡，我們學習了中文私人書信的寫法，現在請你根據情境三指定的內容寫一封中文信！請特別注意用語和格式的部分，你可以參考這兩個單元的查詢資料。

六、測驗

（一）

1. 請先閱讀這封信，再選出正確的答案：

健民學兄大鑒：

久未晤面，近來可好？日前參加同學會，得知您將赴美國攻讀博士學位，令人羨慕且敬佩，特書此信以表祝賀之意。您在學校向來是學弟們的模範，這次出國深造，將來學成歸國，必能成爲國家有用之人。希望您能繼續提攜我等後輩。祝

一帆風順

學弟 偉立 上

二〇一七年六月五日

請指出下列格式在信中所對應的部分：

(1)署名

(2)自稱

(3)稱謂

(4)啟事敬辭

(5)祝福語

（　）2. 請填入適當的詞

(1)健民吾師＿＿＿＿＿＿（提稱語）：

(2)如果你寫信安慰朋友，希望他的病快一點好，祝安語部分你會怎麼寫呢？

祝你＿＿＿＿＿＿

(3)如果你寫信給一位長輩，你的署名後敬辭應該寫什麼？

你的名字＿＿＿＿＿＿

(4)下面哪一個信封的寫法是對的？

(a)陳為志校長　鈞啟

(b)林文華父親　安啟

(c)王中人老師　敬啟

(d)李明忠老師　敬收

(5)信上的開頭寫著：「希白兄大鑑」，這封信是寫給長輩、平輩或晚輩的？

(6)如果你寫信給你的朋友王大明的父親，信件內容開頭應該怎麼寫？

第十章 事務信函

本單元學習重點

1. 學習正式場合所需要寫的信件，包括申請、邀約、推薦等等。
2. 事務信函的分類：一、機關之間，二、私人之間，三、機關跟私人之間。
3. 事務信函寫作重點：掌握好親疏關係。
4. 求職、應徵類事務信函寫作。
5. 申請類事務信函寫作。

大綱

一、思考活動
二、事務信函的格式和用語
三、事務信函的種類
四、事務信函的寫作要點
五、範例
六、作業與討論
七、測驗

一、思考活動

比較一下這封英文的推薦入學信和下一封中文推薦就業信，看看有什麼不同的或特別的地方，再試著回答以下的問題。

Department of Physics,
University of California, Berkeley

February 19, 2019

To whom it may concern:

It's my pleasure to write the recommendation letter for my student, Mr. Su Yu-wen who hopes to apply for the admission of the Master's program in your department.

I have known Mr. Su for four years since he was admitted in my department as an undergraduate student. He had taken two courses witn me with excellent performance.

Mr. Su is enthusiastic to study for a further degree. I have confidence that he will be qualified to carry on postgraduate studies in Physics in general and Electronics in particular in your program. I strongly recommend him without any reservation.

Sincerely

(signature)

說明：在英文推薦信中，既要求事實，又要推薦合理有效。內容要大概說明被推薦人的學歷和學習成績，介紹被推薦人的智力和能力可以勝任在大學研究所的學習和研究。

張總經理：

您好！茲向您推薦陳志中先生。

陳先生是我在大學擔任系主任時的同事，任行政秘書一職，我對他的爲人和辦事能力有直接和詳細的了解。

陳先生在工作時負責盡職，對交付的任務能如期完成且多能比預期的好，表現相當稱職。和同事相處非常融洽，且特別受到大家的尊敬。除此之外，他還在工作之餘進修自己的專業能力，今年六月將取得碩士學位。

陳先生很想學以致用，對電子通訊工業情有獨鍾，欲在　貴公司任職，本人全力向您推薦這位優秀人才，請您給予關照。順頌

台祺

○○大學社會學院院長　汪××　敬啓

二○一九年五月二十日

說明：在中文推薦信中，內容要大概說明被推薦人的工作態度和學歷，介紹被推薦人的智力和能力可以勝任在新公司的工作和開發。

中文的推薦信雖然是形式化，但也可以看出被推薦人的人際關係及相關背景。

讀完上面兩篇推薦信，請你想想看：

1. 在這些推薦函中，你可以看出信函一開始就直接點出這封信的目的！
2. 推薦信中，推薦人和被推薦人的關係如何？
3. 推薦信中，應該對被推薦人做什麼樣的說明？

4. 推薦人的社會地位怎麼樣？

二、事務信函的格式和用語

所謂事務信函主要是指發信人寫信的目的以事務為主，對象包括機關也包括私人，書寫的內容有應酬性的：慶賀、問候等，應用性的：請求、推薦、饋贈、借貸、辭職、應聘等。所以在寫作技巧上要注意幾點：

1. 要注重措詞得體：不可使用時下流行的俗語或其他有損莊重的語言，態度上要不卑不亢。
2. 行文要簡明：事務信函就是要達意，如果語焉不詳，就會引起誤會。
3. 格式用語要合乎身分：要根據不同對象選用適當的稱謂及用語。

事務信函和私人信函一樣分成三個部分：第一部分是與收信者有關的，第二部分是信的真正內容，第三部分與寄信者有關的。但兩者最大的不同是收信的對象常常是不熟識的人或長官，因此在稱謂、提稱與啟事敬辭方面的使用要得宜。

第一部分：稱謂語、提稱語、啟示敬辭。

第二部分：問候語、正文、結尾敬語、祝安語（祝語及安好語）。

第三部分：自稱、署名、啟告語、日期、附言。

㈠用語

在事務書信中，根據彼此關係的不同，所用的詞語亦有所區別。

	知道姓名	不知姓名
稱謂	某某校長、某某吾師	執事先生
提稱語	鈞鑑、大鑑、崇鑑	大鑑
啓事敬辭	可省	敬啓者
結尾敬語	耑此敬達、敬此	肅此、謹此
申悃語	肅次敬謝（表感謝） 敬達辭忱（表辭意）	
請鑑語		敬祈○鑑察
請安語	敬請○鈞安 敬候○大安	順頌○台祺 即請○近安
自稱	（視彼此關係而定）	
署名後敬辭	謹啓	謹啓

除了格式上面的用語之外，在書信內文當中，還有一些固定的段落來表達信件書寫的原因或是書寫的目的。在私人信函當中的開頭語最常見的形式就是問候，但是事務信函的開頭語則往往是表明自己書寫的目的，一般的問候在不熟識的人際關係中就顯得不適宜了；但是如果是熟識的長官或友人，有事相託，一開頭就說明請託的事務，就未免太唐突了，所以要根據情況、對象作適當的選擇。

下面有幾種事務信函的開頭語的範例：

1. 求職信函：看到報紙徵聘的消息

頃閱××報廣告，藉悉

貴報徵聘××一職

> 在信中提及受信人或自己的尊長，都要抬頭。抬頭有兩種：平抬、挪抬。平抬是另起一行書寫。挪抬則是在原行空一格。

2. 推薦：向老師推薦

久違

雅教，極為想念。茲有學棣×××

雅教，指的是您的教誨，也是跟收信人相關的事，因此也要使用抬頭。

3. 拒絕邀約：

頃奉

大函。辱承邀請……

除開頭語外，結束語也是信函重要的一部分。一般私人書信，常常用肅此、耑此等表示信函內文至此結束，而在事務信函中，可以用結束語表達對收信人的期待。

結束語的部分可分為：

1. 請託

請人推薦：如蒙○薦拔，感激不盡

請人幫忙：倘蒙○支持，永矢不忘

挪抬：在信中提到對方，為表尊敬在支持前空一格。

2. 請求

不情之請，尚祈○見諒

3. 請教

如蒙○賜教，不勝感盼

4. 請收

敬祈○哂收。至祈○笑納。敬希○檢收

5. 候覆（等候回信）

敬祈○鈞覆，不勝感禱

三、事務信函的種類

事務信函從發信人和收信人之間的關係看來，可以分為三類：⑴機構之間；⑵私人之間；⑶機構和私人之間。機構之間的事務信函，就是我們所謂的「公文」，這一部分，不在本章的範圍之內。此處將說明私人之間以及私人和機構之間的事務信函寫作方式。

從事務信函的內容來看，則可分成：⑴求職類：個人和機構之間的有求職、應聘、辭職或請假等，而機構在人事方面，也包括徵聘、解聘等。⑵請託：申請、推薦、委辦、邀約、證明或投訴等。⑶致謝祝賀類：表示感謝或祝賀之意。

㈠信箱裡的一封通知單

……高偉立今天在信箱裡接到一封通知單，他不知道是誰寄來的，於是他拿著通知單去找他的同學……

哈佛大學臺灣同學會開會通知單

民國一百年二月二十日

茲定於三月五日（星期六）下午三時假君悅（HYATT）大飯店舉行第七次校友同學會。討論籌組哈佛校友基金會事宜。並推選第八屆校友會會長。敬請準時出席爲荷。

此致

高偉立先生

會長 張致達 敬邀

回 條

□ 準時參加

□ 不克參加

簽名：

請你回答高偉立的問題：
1. 這是什麼東西？
2. 同學會在什麼時候舉行？在什麼地方舉行？
3. 「茲」是什麼意思？
4. 為什麼「假」君悅飯店，不是真的飯店嗎？
5. 為什麼要開同學會？
6. 「此致」，是什麼意思？
7. 回條是什麼？
8. 這是屬於哪一類的事務信函？

(二)辭職信

張大明在某公司服務屆滿一年，由於考上研究所，不能繼續任職，就寫了這封辭呈。

辭職信

敬啓者，日前職爲充實專業技能報考○○研究所，忝爲該所錄取，將於下月重拾書本，懇請准予辭去市場業務經理之職務。職於工作期間，蒙長官及先進抬愛賜予教誨，謹此感謝。專此

敬請批准

此呈

總經理 陳

業務經理 李

職 張大明 敬上

二○一九年十一月一日

1. 張大明為什麼要辭職？
2. 在這封辭職信中，張大明要說明哪些事情？
3. 這封信是寫給誰看的？

四、事務信函的寫作要點

寫作格式和一般私人信函一樣，由於對象為機關或較為不熟識的人，因此在書寫上更應注意格式及用

語的適當性，內容應力求簡明，注意上下關係，措詞要得體且合乎禮節，尤其稱謂更須小心謹慎。

(一)錯誤的中文信

下面是一封由美國亞美利堅大學漢學系李彼得主任（52歲）寫給臺灣華語文教學研究所所長林國學教授（四十五歲）的信，他邀請華研所的教授與研究生到美國參加語言教學研討會。

這封信有十個錯誤，請你找一找，信後有相關的說明。最後，你可以看一看正確的版本再對照本信錯誤的部分。

林國學教授青覽：叩稟者

本校將舉辦第五屆的漢學研討會，極盼林教教授能偕貴所教授和學生與會，令貴所於華語教學領域的專業素養，能藉此良機與各界分享。

研討會爰訂今年八月六日，假本校教學大樓九樓舉行開幕典禮，爲期五天，八月十日爲閉幕典禮。如承撥冗參加，竭誠歡迎。專此敬覆，敬請文安。

亞美利堅大學漢學系李彼得主任　示

三月一日二〇一九年

P.S. 隨函附上報名表格式乙份，敬請參照。

1. 稱謂：林國學教授→林教授

大部分的情況下，中文信的開頭不直接寫收信人的全名。事務書信的稱謂部分通常是收信人的姓再加上工作上的職稱，如果對方是教師，職稱就是「教授」或「老師」等，所以本封信的稱謂部分應該是「林教授」。當然，如果教師也擔任行政工作，就直接以姓加職稱為稱謂語，「林所長」。

2. 提稱語：青覽→道覽

「青覽」是對晚輩所用的提稱語，在這封信中，李主任是以亞美利堅大學的系主任身分邀請林國學教授，兩人是工作上的關係，而不必管誰的年紀或輩分較大，提稱語改為給教師專用的「道鑑」等。

3. 啓事敬辭：叩稟者→敬啓者

「叩稟」是對祖父母或父母才用的啟事敬辭。有的時候，我們並不知道收信人的姓名或職稱，那麼我們可以省略稱謂和提稱語的部分，直接寫啟事敬辭「敬啟者」。

4. 結尾敬語：專此敬覆→耑此奉達

這封信在結尾敬語的錯誤，不是輩分不對的問題。「專此敬覆」是回信給別人時才用的，所以不適合。

5. 祝安語

「敬請文安」是對教育界人士所用的祝安語，但祝安語的第二部分「文安」應該寫在另外一行，「文安」後面不必寫句號。

6. 自稱

因為這封信是一封比私人書信正式的邀請函，所以亞美利堅大學李主任對華研所林教授的自稱，用職稱，而不用平輩朋友之間的稱呼。在自稱的部分，應該要側書，也就是字體縮小並寫在署名的左上方。

7. 署名：李彼得主任→李彼得

職稱在自稱的部分交代，署名部分只寫姓名。

8. 署名後敬辭：示→敬上

「示」是寫給晚輩時才用的敬辭。

9. 日期：三月一日二〇一九年→二〇一九年三月一日

中文信日期的寫法是「年、月、日」，而不是「月、日、年」。

10. 附言

附言部分可寫「又，…」或「又……」，「p.s.」是英文信的用法。

修改後的信件：

林教授道覽：敬啓者

本校將舉辦第五屆的漢學研討會，極盼林教授能偕貴所教授和學生與會，令貴所於華語教學領域的專業素養，能藉此良機與各界分享。

研討會爰訂今年八月六日，假本校教學大樓九樓舉行開幕典禮，爲期五天，八月十日爲閉幕典禮。如承撥冗參加，竭誠歡迎。耑此奉達，敬請

文安

亞美利堅大學漢學系主任
李彼得敬上

二〇一九年三月一日

又：隨函附上報名表格式乙份，請參照。

(二)怎麼寫一封申請獎學金的信函

張立民申請了臺灣師範大學國語中心的語言課程，要到臺灣學一年的中文，他聽說臺灣的教育部，為了鼓勵外籍學生學習中文，提供了一筆數目不小的獎學金，他打算提出申請。他應該怎麼寫這封申請獎學金的信呢？

張立民的小檔案

姓名	張立民
學校	美國加州聖地牙哥大學東亞研究系經濟學博士生
研究主題	兩岸經貿關係對世界經濟的影響
學習中文的目的	能以中文進行與兩岸學者的訪談
在臺灣研習中文的學校	師範大學國語中心，學習一年
到臺灣學習的原因	學習中文並同時蒐集論文資料
申請獎學金單位	中華民國教育部國際文教處 （歡迎進入文教處網站查詢獎學金相關資料 http://www.edu.tw/bicer/chinese.htm）
申請金額及補助年限	一年的生活費（約五千美金）及學費

申請獎學金範例

敬啓者：

本人目前是聖地牙哥大學東亞研究系經濟學的博士學生，研究的主題跟兩岸經貿有關，因此將在下一年度前往臺灣學習中文，並同時進行博士論文資料蒐集的工作。現在已經獲得師範大學國語中心的入學許可，課程將從明年一月開始，爲期一年。學習中文的目的在於提高中文溝通能力，希望能以中文跟兩岸的經濟學者進行訪談。欣聞　貴處提供獎學金以鼓勵外籍人士研習中文，尚希賜覆相關資料及申請表格。此致

中華民國教育部國際文教處

張立民　謹啓

二〇一九年一月二十一日

問題與思考

1. 為什麼這封信的稱謂是「敬啓者」？
2. 「本人」指的是誰？
3. 「貴」是什麼意思？為什麼在這個字前面要空一格？
4. 「此致」是什麼意思？
5. 「謹啓」是什麼意思？為什麼要寫「謹啓」這兩個字？

(三)回函：申請獎學金的結果

文教處的回函

立民先生大鑑：

頃獲　台端一月二十一日大函，欲申請本年度「獎助外籍人士研究專案」的獎學金，台端資歷優秀，研究主題切合本專案之主旨，然申請日期超過審核期限。本處「獎助外籍人士研究專案」計畫爲期六年，至今已實施三年，其間獲資助之外籍學者超過三十餘人，歡迎台端下一年度儘早提出申請計畫。檢附申請 表格一份。順頌

台祺

教育部國際文教處　李文華啓

二〇一九年一月二十八日

問題與思考

1. 張立民申請到獎學金了嗎？
2. 為什麼？
3. 你認為寫一封拒絕的信，應該注意哪些原則？

婉拒的信應該注意的事：
1. 要具體說明拒絕的原因，讓對方體諒。
2. 雖然不能接受對方的申請或邀請，仍須讚美對方，或恭賀對方。
3. 對於對方的詢問、邀請應該表示感謝。
4. 希望以後仍有機會接觸或合作。
5. 文字要尊重對方的感受。

(四)招募的廣告

昨天張立民在國立故宮博物院的網站http://www.npm.gov.tw上，看到一則招募外籍志工的廣告：

本院招募有意從事翻譯導覽之外籍志工
資格：
1. 英語說、聽、讀、寫流利者。兼具其他外語說讀能力者優先考慮。
2. 大學畢業或以上。
3. 曾研習藝術史、中文、亞洲文化者優先考慮。
甄試：
每年七、八月接受書面申請（申請截止日爲八月十日），申請者自備申請函及履歷表，寄至故宮博物院展覽組。資格符合者另行約定時間來院面試，面試結果另行通知。
有關資訊請查詢故宮網址：http://www.npm.gov.tw/educaton/volunteer.htm

問題與思考

1. 招募的志工必須具備哪些條件？
2. 申請的日期從什麼時候開始？到什麼時候結束？
3. 要準備哪些資料？
4. 你想怎麼寫一張徵聘的廣告？

(五)應徵信函

執事先生賜鑑：敬啟者，從貴院網站上得悉將招募翻譯志工。本人目前是史丹福大學東亞藝術系研究所的碩士研究生，我從2008年開始就從事東亞藝術史的研究，研究主題是關於「中國玉所代表的階級意識」，對中國古代文物略有研究。

本人即將於今年秋天在臺灣大學的語言中心接受一年的語言訓練，同時也想藉此在貴院實習一年，增加相關經驗。隨函檢附推薦信、履歷表、自傳各一份。

敬請鑑察並祈

賜覆。耑此奉聞，即候

鈞安

張立民　謹上

二〇一九年三月一日

問題與思考

1. 請問張立民要應徵什麼工作？有薪資嗎？
2. 張立民除了寫這封信以外，還準備了哪些文件？
3. 這封信的稱謂語是什麼？
4. 如果你希望對方回覆你的信，你應該怎麼寫？
5. 如果這封信有一些附帶文件，你應該怎麼寫？

說明：

1. 應徵的事務信函是寄給某單位，而不知確切對象的姓名，所以用「執事先生」，為稱謂詞，就是「負責此項業務的的人」。
2. 如果寄信同時附帶其他相關資料，可用「隨函檢附」專門用語，就是「隨本信同時附其他文件」，之後可加「敬請鑑察」的專門用語。
3. 如果需要對方回覆，可在結尾敬語之前加「並祈賜覆」的專門用語。

五、範例

㈠推薦

文忠所長道鑑：

楊次郎先生爲本系於2015年畢業的學生，楊君於本系就讀時，表現優異，好學深思，曾於本人所授之「語言學概論」課，獲得良好成績，在語言調查方面也表現出極大的興趣，今楊君欲充實自己學識，希望能進入　貴所就讀，繼續研究深造，本人相當讚許並極力向您推薦這位人才！

東都大學中文系系主任　張凱

二〇一九年四月二十一日

(二)請託

家明兄：

弟雙親將於六月十二日，搭乘中華航空於中午12點37分到達桃園中正機場的CI036次班機，來臺灣觀光，也順道看看我在臺灣的生活情形，但是當天因弟必須參加學校的期末考試，不便到機場接機，因您與家父母熟識，是否方便煩請您屆時到機場接機？多有偏勞之處，十分感謝！

弟　仲田　上
二〇一九年六月一日

六、作業與活動

一、這是機構對個人的回函，劃線部分表示錯誤的寫法，請圈選出正確選項。

中國詩詞創作與賞析協會

李大同　會長[1]（君，大德，兄）：

先生[2]（你，您，君上）於六月十日的來函告知　貴會將舉辦詩詞創作年度大會，此活動確實有助於詩詞教學與中華文化的推廣。我校支持並同意出借本校大禮堂，具體的事項，請與我校事務組康明翔組長聯繫。此覆。並祝研討成功[3]（國泰民安，身體健康，新年如意）

××大學校長　陳成程

(2019.07.21, 21.07.2019, 07.21.108)[4]

二、請根據下頁這張廣告，寫一封求職信。

博士
找一個讓你發光的地方

駐北區業務代表
不需要學歷
不在乎年齡

我們要的是
亮麗的外表、熱情、自信、追求成長、勇氣

工作內容：負責服務現有的經銷商及開發新客户
應徵方式：請附上履歷表及自傳，來信請寄和平東路九段111號

德商貿易公司

七、測驗

（　）1. 如果不知道對方姓名應該如何稱呼對方呢？①收信人　②閱信者　③敬啟者　④文教處處長。

（　）2. 在事務信函中，怎麼稱呼自己？①本人　②我　③學生　④弟。

（　）3. 「貴」相當於什麼意思？①他　②我　③您　④你。

（　）4. 在事務信函中的結尾敬語是：①謹啟　②敬啟者　③此致　④尚希賜覆。

（　）5. 你要寫信給某大學的校長張志文先生，稱謂部分怎麼寫？①張先生　②張校長　③張志文校長。

（　）6. 你要寫信給某大學的校長張志文先生，提稱語部分怎麼寫？①尊鑑　②鈞鑑　③足下　拜上。

（　）7. 你回信給某個單位，啟事敬辭部分怎麼寫？①敬覆者　②敬懇者　③茲託者。

（　）8. 你寫信感謝某個單位，結尾敬語部分怎麼寫？①肅表賀忱　②肅此敬謝　③肅函敬覆。

（　）9. 你寫信推薦你的學生，自稱和署名部分怎麼寫？①老師　王武　②推薦人王武　③××大學××主任王武。

第十一章 中文電子郵件（中文e-mail）

本單元學習重點

1. 了解中文電子郵件的樣式。
2. 中文電子郵件的使用狀況與目的。
3. 如何寫一封恰當的電子郵件。
4. 如何回覆別人的電子郵件。
5. 寄發多人收件者與副件、附加檔。
6. 電子郵件的相關事項。

大綱

一、思考活動
二、中文電子郵件介紹與樣式
三、中文電子郵件的使用場合與目的
四、寄送電子郵件
五、回覆他人的電子郵件
六、再述副本、密件、附加檔與簽收
七、其他幾點注意事項
八、活動與作業

現代科技發展，藉由資訊網路，拉近了人們彼此之間的距離。人類藉以溝通的管道，也從以往所使用的書信、電報、電話等等，到現在使用最多的電子郵件。我們可以利用電子郵件與朋友、師長、同學、貿易夥伴、同事、長官以及部屬，甚至是公司行號、機關團體等等，相互溝通聯絡感情，也可以傳遞訊息，公告周知，並且表達我們的意見。

在講求時效的資訊時代，傳統信件往來已逐漸被電子郵件取代，因為電子郵件具有即時傳遞且方便使用的優點，除了從不使用電腦的人，在現代的社會，電子郵件的寄發可謂是基本的生活技能，本章內容著重在給予使用電子郵件的讀者一個基本認識，並提醒已固定使用電子郵件的讀者，在寫作郵件時所應注意的基本事項。

電子郵件的使用不僅能針對個人，還可以同時發給多人，密件的功能還能隱藏收件者，不令其他收件者得知，因此，對於書寫與處理電子郵件，也應有一些必要的規範。雖然，電子郵件的寫作格式仍未有固定可循的標準，但閱讀電子郵件中的訊息、寫作與基本項目等等，大致上與一般書信的內容要點相類似。

一、思考活動

暑假快到了，王曉莉想起了在高中時要好的同學林敏雯，高中畢業後兩位上了不同的大學，曉莉想趁這個暑假去找家住在南投的敏雯，順便也爬爬山渡個假，所以，他找出了敏雯的電子郵件信箱，寫了封e-mail給她，請你看看這封信，你覺得哪裡有問題，跟你的同學討論討論。

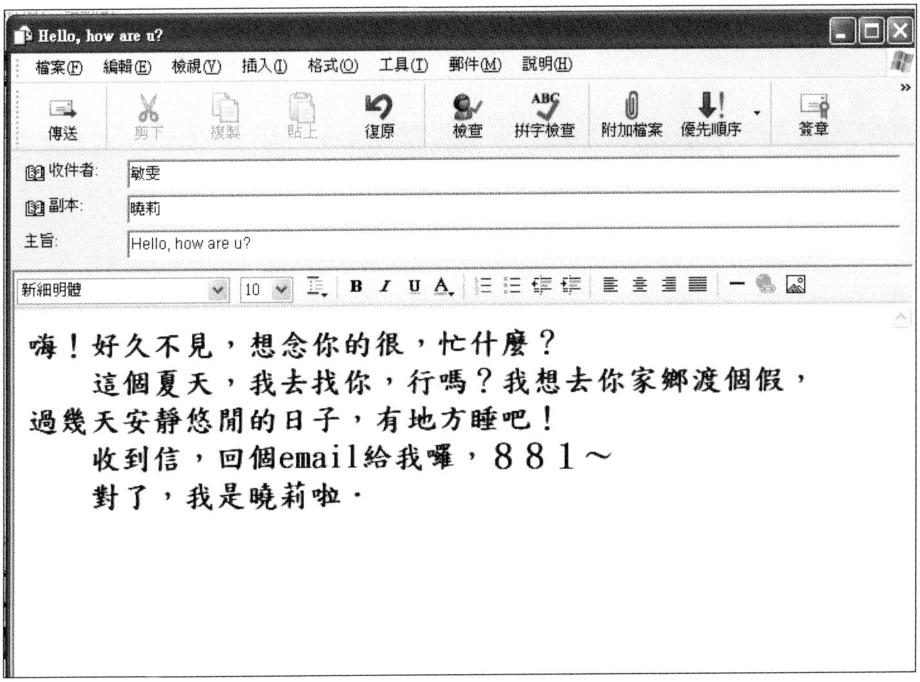

二、中文電子郵件的介紹與樣式

透過網路，人們把電子信件傳送到收件人的電子信箱中，收件人就能在自己的「收件匣」中隨時讀取。一般中文電子郵件的寫作方式，是直接在信件內容區直接鍵入郵件內容，同時在「收件者」欄打入對方的電子郵件地址，最後按下「寄送」、「傳送」，就可將信件傳送出去。

電子郵件在處理上，寄出去的信件會在對方收件的頁面上，顯示寄信人的名稱、電子郵件的地址及日期，甚至因為電子郵件的功能可以預先設定「簽名」，自動在寫作郵件時產出，所以，有些使用者會將署名、時間與結尾的問候語都略掉，這是不太好的現象，但因為成了習慣，收件者也會自動找到必要的訊息，所以，這也就造成了電子郵件在格式上的不夠統一。

由於要讓收件者明白所收到的信件是不是重要而有用的訊息，「主旨」一欄所傳達的意義，就非常重要，現在很多人因為怕收到病毒或廣告，如果在「主旨」不明確的情況下，就會直接刪除不看，或者在收件的動作時，為郵件主機直接擋下，歸類到「垃圾郵件」。簡單扼要的標題主旨，可以令收件者馬上掌握到信件的主旨，若有其他檔案要一併傳送的，也可以利用「附加檔案」的功能，收到信件後，電子郵件也可以轉寄與回覆，相當便利，由於這些快速方便的聯繫方式，又能輕鬆傳送文字圖片與影音等檔案，還可以改變文字的樣式顏色，且又不受人數以及地區的限制，因此，中文電子郵件的使用，也逐漸成為必要的聯絡方式，甚至在一個社群裡，電子郵件也等同於公文公告，也具備了法令的效力。

　　這是一封較為正式的商業書信，寫作的用語、格式大致上與中文書信相仿，讀寫中文電子郵件的軟體，除了outlook以外，最常用的就是各個通訊或網路公司所提供的電子信箱，如：谷哥、中華電信、雅虎奇摩、新浪網等等，這些網頁式的電子郵件軟體，在外觀與功能上，彼此都差不多。從下面這個郵件，可以看出包括了以下幾個重要的訊息：

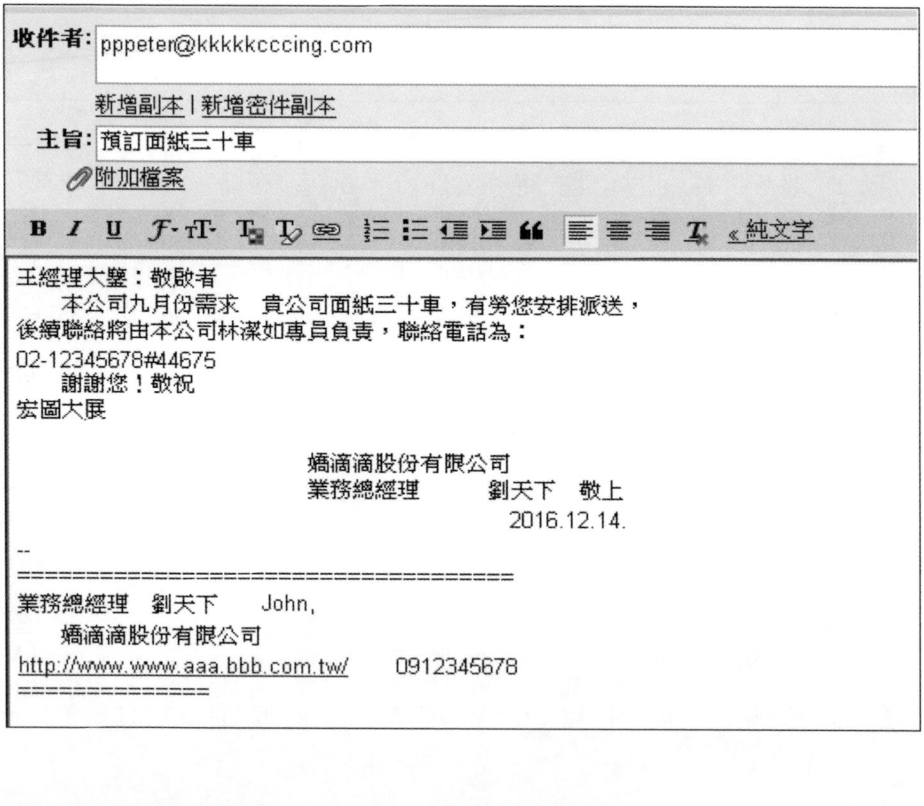
收件者: pppeter@kkkkkcccing.com

新增副本 | 新增密件副本

主旨: 預訂面紙三十車

附加檔案

純文字

王經理大鑒：敬啟者

　　本公司九月份需求　貴公司面紙三十車，有勞您安排派送，

後續聯絡將由本公司林潔如專員負責，聯絡電話為：

02-12345678#44675

　　謝謝您！敬祝

宏圖大展

嬌滴滴股份有限公司

業務總經理　　　劉天下　敬上

2016.12.14.

--

====================================

業務總經理　劉天下　　John,

　　嬌滴滴股份有限公司

http://www.www.aaa.bbb.com.tw/　　0912345678

==============

RE: 給我最新的檔
寄件者： 懷萱 (huaishan@hotdogmail.com)
寄件日期： 2017年7月11日 下午 04:15:16
收件者： su0533@hotdogmail.com
@, 格式1221.doc (222.7 KB), 讀書計畫0328.doc (53.2 KB)

香君： ②

我找了一下，不記得日期了，3/31好像是最新的，沒有更新的檔案。你瞧瞧，看是不是你要的。

③

懷萱 ④

>From: 香君 <su0533@hotdogmail.com>
>To: TCL 懷萱 <huaishan@hotdogmail.com> ①
>Subject: 給我最新的檔
>Date: Mon, 9 Jul 2017 16:29:37 +0000
>
>
>懷萱：
>　　來找你麻煩了，請回傳給我你最新版本的檔，我大概搞亂了，現在沒有
>最新版的，可能要重打，總之，我想我得做一下總體修正，請找找寄給我，
>謝了！

>香君

1. 發信時間：此欄位標示出此件之發送日期。如上圖中的①。
2. 寄件者：收信者可由此得知此郵件之寄件者。

發信者須登錄進專屬信箱才能寄發信件，因此在寄發信件同時，發信者位址會自動呈現在此欄位。如上圖中的②。

信箱位址基本上需具備「使用者名稱」、「伺服器名稱」和「網域名稱」三個基本要項。

(1) 使用者名稱@伺服器名稱・網域名稱：Username@Hostname.Domainname

(2) 使用者名稱（Username）：也就是所謂的電子郵件信箱的帳號，通常是由使用者自行向管理此電子郵件信箱的單位申請，或由此單位直接核發。

3. 收件者：在傳統信件中，信封上，收信者的姓名及地址寫法，除了關係到信件是否能被正確傳遞外，書寫方式也關係著寄信者對收信者的敬意。電子郵件中，收件者的位址只是代表純粹的通訊資料。

發送電子郵件不必輸入與收信者真實姓名或地址相關的資訊，但是必定要在此欄位輸入收信者正確而完整的信箱位址，信箱位址不完整會立即收到退件，信箱位址錯誤，亦無法避免錯誤收件者點閱信件。如上圖中的③。

收件者位址一欄可有兩種輸入方式，一為自行輸入，一由通訊錄上點選。

(1) 自行輸入，如：pakkiing@zhongwenppt.org.tw

(2) 設定通訊錄：使用者可將常使用的電子郵件位址設定於通訊錄上，並輸入此位址使用者之名稱，日後可直接從通訊錄上點選，不必自行輸入。

(3) 群組寄信：發信者也可針對通訊錄上的特定組群發信，此為「群組寄信」。發信者可決定特定組群中每個信箱的位址是否要公開，或以一代號方式呈現，也就是隱匿此組群成員的位址。

4. 信件主旨：此標題一般是提示此郵件內容的重點。如上圖中的④。

除了公務用途之外，傳統信件的寫信者一般不在信封上註明信件主旨，但電子郵件在寄發信件之前，若寄件者未擬定標題，電腦系統會主動提醒寄件者以確認是否不擬定信件標題。此一欄位雖非必填項目，但在垃圾信件與病毒信件充斥的現代，標題可以提供收信者足夠資訊以區別正常信件和不正常信件。標題一般是對信件內容的重點提示，以簡單扼要為主，使收件者一目了然。

5. 信件內容：中文電子郵件的內容，如同一般書信的寫作方式，依對象與主題，分段敘寫。基本上，格式也是依照中文書信的作法，因此，此部分請參考第八章及第九章的說明。

6. 名片：這個功能是由電子信箱提供的，使用者可在自己的帳號信箱設定上，設計或做好自己的名片（有的也稱「簽名」），每次寄電子郵件時，都會自動出現在發信的信尾。

三、中文電子郵件的使用場合與目的

一般電子郵件，我們最常用在熟人朋友之間的溝通，所以，在寫作的格式上也就比較不正式，嚴謹的程度也降低，但是基本的一些訊息還是可以從格式上獲得，有關信件的寫作格式，與私人信函及事務信函相似，在本節中，就不再贅敘。現在請你看看這兩封同學與朋友寄來的郵件，你能找出哪些訊息？請和老師同學一起討論。

㈠同學寄來的通知

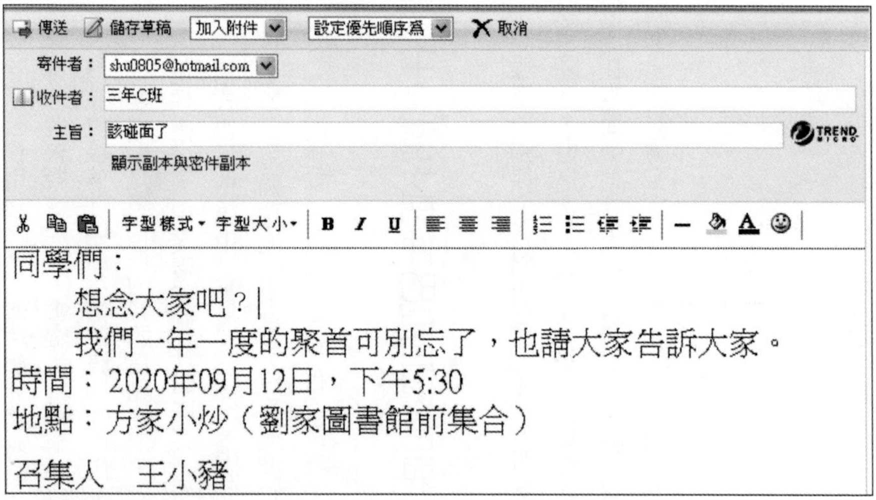
傳送　儲存草稿　加入附件　設定優先順序為　取消

寄件者：shu0805@hotmail.com

收件者：三年C班

主旨：該碰面了

顯示副本與密件副本

字型樣式　字型大小

同學們：

想念大家吧？

我們一年一度的聚首可別忘了，也請大家告訴大家。

時間：2020年09月12日，下午5:30

地點：方家小炒（劉家圖書館前集合）

召集人　王小豬

㈡朋友聯絡聚餐事宜

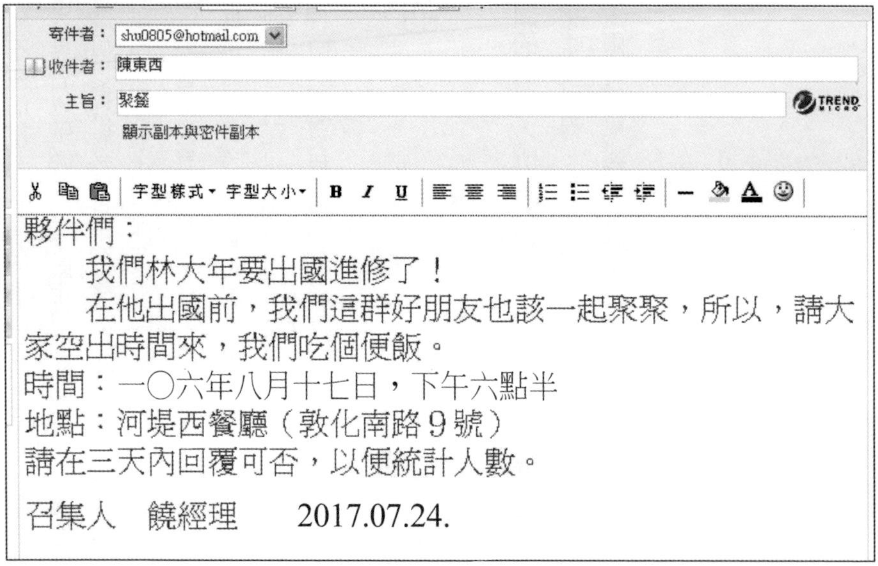
寄件者：shu0805@hotmail.com

收件者：陳東西

主旨：聚餐

顯示副本與密件副本

字型樣式　字型大小

夥伴們：

我們林大年要出國進修了！

在他出國前，我們這群好朋友也該一起聚聚，所以，請大家空出時間來，我們吃個便飯。

時間：一〇六年八月十七日，下午六點半

地點：河堤西餐廳（敦化南路9號）

請在三天內回覆可否，以便統計人數。

召集人　饒經理　　2017.07.24.

問題與思考

1. 你可以讀出這兩封郵件所提供的訊息嗎？從哪裡得知的？
2. 你可以看出和正式郵件相比，少了哪些訊息？
3. 你覺得利用電子郵件與親友聯繫，可以不用輸入哪些資料？
4. 你能看懂一些電子郵件的主旨嗎？你認為該怎麼寫？
5. 你覺得發信給你的，寄件者該不該署名？

四、寄送電子郵件

從以上的說明，接下來我們來看看要怎麼寫一封電子郵件。

(一)寫作前的準備

1. 蒐集必要的資訊：為了有效的工作，你應該蒐集好所需的內容，如：對方姓名、頭銜、對方信箱地址，或者將之鍵入通訊錄，還有相關的附件檔案。
2. 構思主旨：電子郵件有個「主旨」的欄位，也是為了讓收信者能立刻了解這封信的主要內容，也可以方便查尋信件，所以，能先構思好一個「主旨」，可以給收信者訊息與方便之外，也漸漸成為一種禮貌。
3. 安排內容：電子郵件的書寫，一般都希望簡潔為要，在內容的安排上，順序清楚而且用語明白，計畫好主要的內容，有時可以條列的方式列出，當然，這些還得依照你所寫的書信是什麼，是商業書信？是私人書信？還是朋友之間的寒暄，就不同的性質，安排好你的內容。

㈡內文與要求

1. 書信寫法（格式）：中文電子郵件的寫法，目前並無統一的規範，書信的目的多在社交的功能上，也因此，多是採用了應用文的中文書信寫法。
2. 概念拓展成一封書信：當已經確定了電子郵件的寫法格式以後，你的發信內容就得像是寫作一篇文章，將你的概念擬定綱要，逐步完成你的電子郵件。
3. 要不要對方回覆：電子郵件作為聯繫功能後，有不少廣告的、通知的訊息，有時收信者往往未必了解需不需要回覆，所以，電子郵件中，需要收件者回覆的，最好在信中敘明，不論公事或私事，也應該告知回覆的期限。
4. 副件或密件的說明：副件的寄送，通常是給這封信件相關的人士，但不是直接聯絡的雙方。因此，副件多半是做為同時告知相關人士訊息，如：信件是回覆長官交辦事項處理的現況，副件則是附寄給同事，或同時協辦的人員等等。

㈢寫作與修改

1. 文字輸入時：現在電子郵件輸入時，可以變更文字的大小與字型，一般在電腦上的文字，以所使用的電腦預設值呈現，大多是16級字，不過有時，這樣的字型小了點，可自行再改大一些。重要的訊息還可以加粗改顏色或加大，以提醒收件者。
2. 檢查內容：由於電腦發展，手寫的機會也相對減少，中文同音字或近音字的誤用，在電腦輸入時，很容易產生，收件者也多不以為意，可是，有時因為圖一時方便，文字誤用造成意義不同，也時有所聞，因此，完成電子書信後，宜再對內容作一次檢查，以免貽笑大方。

3. 字體與分段：電子郵件在中文字體上多是細明體，字體清爽，但也有採用楷體的方式，符合現代人書寫的中文字型，但如果你選用的其他字體，或許可以增加可讀性或趣味性，然而，要考慮一下對方的電腦上是否能夠呈現你所設計選用的特殊字體。

此外，電子郵件便利性的結果，也往往令使用者或發信者，在書信內容上，不作妥善的分段，有時一大堆文字擠一起，反讓閱讀者增加了閱讀負擔，視覺觀感也不好，因此，儘管是方便的溝通工具，書信書寫的格式，及為求便於訊息上的良好溝通，發信者應妥善安排段落，前後連貫，且意義流暢而完整。

4. 標點：現在人使用中文電子郵件，許多標點符號也常因為電腦工具或輸入法的原因，要常常轉換按鍵功能，而使用為求方便，也常誤用一些標點符號，如：句點（「。」）常以「．」或「！」來取代，或全文都是逗號區隔，這也不是一個好現象。

(四) 校對與寄送

1. 校對寄送處、內容對象、收信者：文件要寄送之前，別忘了要校對一下收件者，是否為此信件的收受人，以免發錯信函，給錯對象，因為電子郵件一旦寄出，是不能收回來的。

2. 檢查技術性的細節：現在提供電子郵件的服務公司，在技術上給予的功能已越來越強大，在發出電子郵件之前，建議你要檢查一下，有沒有寄件備份？要不要對方的讀取回條？有沒有附件？副件或密件的使用，是否合理恰當等等。

3. 附加檔案的說明：有時你要寄送的資料，是附在這封信件的附加檔案，常常收到寄來的電子郵件忘了附加相關的電子檔案，若要對方提醒，有時會超過時效，也不禮貌，因此，別忘了你要加的附加檔。

還有，由於電腦編碼上的問題，你要寄的信件或轉寄的信件，是跨國地區或跨語系的電腦，為免收件者收到亂碼且無法轉碼時，也可以利用附加檔案或附加轉寄的功能，減少語言編碼不同的問題。

問題與思考

1. 你發送過一次寫給多人的電子郵件嗎？你怎麼寫？
2. 你利用過電子郵件收發軟體的「副本」或「密件」功能嗎？什麼情況下使用？為什麼？
3. 你會校對書信中因輸入法產生的同音字錯誤嗎？
4. 你用過哪些網路上的新詞彙（如：醬、粉、3Q……）？你認為好不好？

五、回覆他人的電子郵件

(一)處理收到的中文電子郵件

當我們收到別人寄來的電子信件時，現在電腦多半會先掃毒，也會判別是否為垃圾信件，所以，在我們收信的時候，應該是收到無毒的郵件，或者信箱提供者會給予一個訊息，告知該信件有毒或損毀，建議不要開啟。

還有，大多的電子郵件提供者也會提供一項防堵廣告信的功能，而將一些可能是廣告信的郵件，寄存在個別的信件資料夾中，如：垃圾信件、大宗郵件、廣告信件、[Spam]等位置，使用者可以依主旨或寄件者判斷要不要收看或逕行刪除。

當收到電子郵件要開啟之前，我們可以先看一下該信件是否具優先性或重要性，這個標示是寄件者所設定的，要的是提醒收件人注意，盡快了解此信的內容，並依內容要求優先給予適當的回覆。如下圖所示。

收到寄來的信件後，需要回覆的，只要按回覆或回信的按鈕，就會進入和寫一封電子郵件類似的介面，不同的是，通常會把原先寄來的原文以附件或置於回信內容下方的方式，回寄原來的寄件者。

由於電子郵件的便利性，使用者往往為求方便，會直接將回文安插在原寄件者的文內，但也因此破壞了應用文應有的格式。筆者認為這是時代變遷的現象，係屬自然。但是若回覆的長輩或長官，亦或者是不太熟悉的人士或商務往來的，仍建議依照應用文的既定格式為宜，以表現應有的禮節與尊重。

(二)附加檔案、副本與密件副本的使用

電子郵件還有一些功能，是現代人以此管道溝通訊息時，經常使用的部分。如：

1. 附加檔案（attach）：如果文件中要附加相關的電子檔訊息，可採附加檔案方式，將相關文件或與文件內容可資參考的材料，以附加檔案方式，附寄給對方，當然，在本文中最好要說明本信另附加了檔案，以免收件者遺漏。

   現在還有許多參考資料是擷取自網站的內容，寄件者也可以

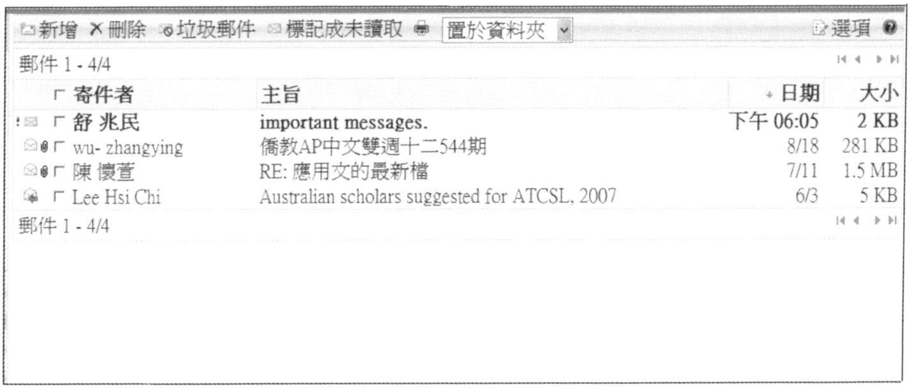

新增　✕刪除　垃圾郵件　標記成未讀取　置於資料夾　選項

郵件 1 - 4/4

	寄件者	主旨	日期	大小
！	舒 兆民	important messages.	下午 06:05	2 KB
	wu- zhangying	僑教AP中文雙週十二544期	8/18	281 KB
	陳 懷萱	RE: 應用文的最新檔	7/11	1.5 MB
	Lee Hsi Chi	Australian scholars suggested for ATCSL, 2007	6/3	5 KB

郵件 1 - 4/4

「！」表示高優先順序。

將網址寫在信件中，收件者可直接點選連結。

2. 副本（cc）：要寄出的文件如果是給很多人的時候，當然在收件者填入的欄位是全部的收信人電子信箱，可是，如果是與內文所及的關係人或從事者，並非主要的收信人，而只是要該相關人士知悉此訊息就夠了，那麼，以副本方式同時寄送即可。

在此要一提的是，當要一次寄給多人時，信件內容的開頭稱謂順序，仍要以長輩排到晚輩，若是輩分相近而難分時，則以較陌生者先寫。

3. 密件副本（bcc）：電子郵件還有一項功能，即是「密件副本」，只要採用此功能，則當對方收信件時，不會出現收件者郵件地址，這個功能可以在寄給多人時，不會讓收信者知道這封信還寄給了誰。特別是寄給多人時，這些收件者彼此都不是很熟的朋友時。然而，這項功能最好是謹慎使用。

4. 要求對方回條：現在為了能確認對方已收到信件，寄件者可以在寄送電子郵件前，設定對方收信後的回條，很像郵件的雙掛號，要求收信者回執，以確定信件是否已正確安全送到。

不過，要求對方回條，有的信箱提供者會設定對方收信即回傳回條，但也有的信箱是在對方收了信後，要再詢問收信者要不要寄回條。

㈢電子郵件轉寄與備份

電子郵件還有一項為大家常用的功能，就是「轉寄」（forward），這是因為信件可能還跟某些人有關，是當時原寄件者沒想到的，所以，由收信者再轉寄給相關人士，但因為這樣的功能，也建立在資源分享的概念上，許多電子郵件使用者，會因為個人的興趣與觀念，把好的文章、有趣的內容、或重要的生活資訊，以轉寄的方式分享大家。然而，這樣的做法並非所有人都願意接受，如果你不願意收到這樣的轉寄信件，應該直接跟轉寄者回覆你的想法或意願，請對方不要轉寄給你即可，而不要一直勉強自己，默默接受。

現今許多電子郵件供應者，提供了空間頗大的信箱，使用者也樂於將一些重要的文件備份儲存下來，依不同的資料夾分門別類。還有，信箱也可以設定當寄件時，要不要自動備份，筆者認為就電子數位化的角度來看，刪除都很方便，如果信箱空間很大，其實在寄件時就設定要「寄件備份」，免得需要時找不到，真的不需要的，再刪掉就好。

(四)注意事項

現在網路溝通相當頻繁，也是現在人類彼此溝通很重要的管道。但除了要注意應用文在交際時必備的基本禮貌外，也要維持一定的寫作格式，才不致雜亂而失序。

寄出的信箱，自己也要注意道德問題，不要因為一時好玩，而散布一些似是而非的言論，尤其是轉寄的信件，自己要先過濾，也要考慮訊息內容是否公允合理。謠言止於智者，非清楚的事務，不說不聽不看也不傳。

電腦病毒的問題，很容易經由網路與電子郵件散播出去，現在還有「毒性」很強的病毒，它會自動擷取電腦中的資料與通訊錄，直接寄送病毒信件，這點要多加小心，也要支持購買正版的軟體。

六、再述副本、密件、附加檔與簽收

(一)副本

若要將此信件傳送至相關人員信箱，可在此欄輸入相關人員之信箱位址，則收信者亦可知道此信件具副本。

(二)副本密送

寄件者若不欲公開副本收件人之資料，可選擇由此項目寄發副本，則收件人只能知道此信件具有副本，但不知副本收件人為誰。

(三)附件

若發信者欲傳遞其他文書或影音資料，可以電子檔型式附加於此信件之上，收信者可自行決定是否要立即點閱或下載。

此項目正是使電子郵件功能強大並廣受使用的原因之一，但水能載舟亦能覆舟，此功能亦是電腦中毒的主要原因之一。使用者開啟了他人惡意或無心傳送之帶有病毒的附件，亦會使自己的電腦中毒。

(四)重要性簽收

發信者如欲確認收信者收信的正確時間，可勾選簽收選項，電腦會立即回覆寄信者。但收信者若不欲使發信者得知自己的收信時間，亦可選擇不簽收。

七、其他幾點注意事項

(一)格式

電子郵件因受限於電腦之排版方式，除非以附加檔的形式，否則一般都以橫書方式呈現，而信件內容格式之撰寫基本上與一般信件沒有差異，若為正式信件，可參照本書相關篇章。

㈡稱謂與署名

電子郵件寫作者常因收發雙方位址已明列信件上方，而省略對收件者的稱謂與自己的署名，但信件為互相溝通傳遞信息之用，寄件者仍應於信件起始處即輸入對收件者的稱謂，才符合閱讀習慣，收件者亦可因此再次確認此郵件是寄給自己的。

署名部分，也不應省略，在現代信件中，雖已省略傳統的格式用語，但稱謂與署名兩項仍應是必備項目。

㈢長短分段標點

電子郵件的容量雖大，但為方便瀏覽，信件正文內容之長短以收件者不必拉頁而能讀完為最佳，若欲傳達之內容過長，可以附件方式附加於此郵件。

信件內容與一般寫作相同，文句要適時加上標點符號，也要適當分段。

㈣圖形字型

現在的電子郵件信箱功能強大，內建有各式圖案，方便寫作者點選應用，亦可插入個人電腦中蒐集的圖檔，使電子郵件畫面美觀又富趣味，但使用過多圖案會占據信箱容量，於正式信件中宜避免。

電子郵件寫作之字型亦可隨使用者需要調整，同一篇郵件中可於特定字句選擇不同字體、不同大小、不同顏色，甚至使字體閃動，以顯示其重要性，並使畫面活潑吸引閱件者注意，但於正式信件中使用亦須注意，適可而止。

㈤用語

年輕的電腦使用者因常上網聊天而發展出特殊的電腦語言，也就是所謂的「火星文」。火星文是指融合了各種語言、數字、符號或圖形等形式的新興語言，一般大眾並不易理解。因非正式的習慣用語，在寫給長輩或公務郵件上宜避免。

㈥其他

電子郵件因具傳遞快速的優點，是一般公司行號宣傳商品的常用管道，但任何信箱都有其容量限制，信箱收件匣若因廣告信件過多超過使用容量之上限，信箱管理單位會暫時限制此信箱收發信件，使用者應定期清理信箱。

電子郵件帳號申請方便也衍生出不易追蹤的拋棄式帳號問題，惡意的使用者隨意電子郵件信箱帳號，大量寄發違法信件或病毒信件，造成社會大眾之困擾。

八、活動與作業

1. 請你利用你使用的電子郵件讀寫軟體，寫一封信給你的老師？
2. 請你也寫一封給你的朋友？
3. 比較一下上面兩題，你所完成的信件，你寫作的差別在哪裡？
4. 請你寫一份公告通知，同時發給你的老師和同學們，也想想你怎麼寫給收信者？

附錄一 用語稱謂查詢

書信用語查詢

「書信用語」由於歷史文化的因素，而形成定則，針對不同的人、事有不同的用法，必須依照規定書寫，才是一篇標準的中文書信，尤其是對於長輩、或是工作上的長官，更應該謹慎地選擇適當語詞，才不致失禮，因此書信用語是學習書信寫作的一項重要課題。

「書信用語」根據書信的結構分為：稱謂、提稱語、啟事敬辭、結尾敬語、祝安語、署名後敬辭等六類，最後再加上自稱署名。

根據不同的對象則有不同的用辭，如：寫給師長的信

稱謂	提稱語	啓事敬辭	結尾敬語	祝安語	自稱署名	署名後敬辭
某老師	道鑑	敬稟者	謹此	恭請 教安	生 某某	敬上

- 對象
  - 長輩
    - 長輩
      - 祖父母（外祖父母）
      - 父母
      - 伯、叔、姑、姨、岳父母
    - 師長
    - 世交 → 世伯父母
    - 長官
  - 平輩
    - 親戚 → 兄嫂、弟媳婦
    - 同學．朋友
  - 晚輩
    - 學生 → 兒女
    - 親戚

根據對象的職業也有不同的提稱語和祝安語，如政治界：某公部長「鈞座」

稱謂	提稱語	啓事敬辭	結尾敬語	祝安語	自稱署名	署名後敬辭
某公部長	鈞座	敬啓者	謹此	敬請 政安	晚某某	拜上

根據不同的情況也有不同的祝安語，如賀結婚：用「恭賀燕喜」

稱謂	提稱語	啓事敬辭	結尾敬語	祝安語	自稱署名	署名後敬辭
學長	台鑑	謹啓者	耑此	恭賀 喜安	學弟某某	敬賀

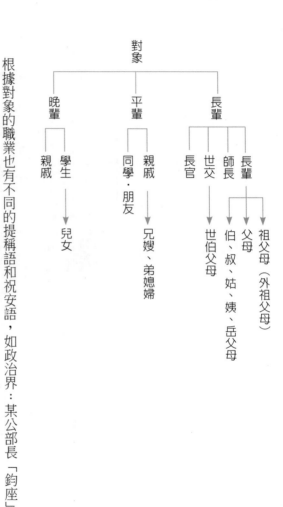

根據對象查詢

長輩：親戚、師長、世交、長官

聽達吾師　道鑑：

　　日前登門拜見，感謝垂愛，願意推薦生擔任師大國語中心教職。離開後即持函與履歷送呈國語中心。昨日得到師大通知，將於下個月任職。感謝　恩師大力推薦，今後將努力工作，以不負師恩。

肅此奉聞　敬請

教安

生　文華　敬上

稱謂　提稱語

本文

結尾敬辭

祝安語

自稱　署名後敬辭

親戚

稱謂	祖父母	外祖父母	父母	伯（叔）父母	舅（姨）父母	岳父母
提稱語	膝下、膝前	膝下、膝前	膝下、膝前	尊前、尊鑑	尊鑑、賜鑑	尊鑑
啓事敬辭	叩稟者	敬稟者	敬稟者	敬啓者	謹啓者	敬稟者
結尾敬語	耑肅奉稟	肅此敬達	肅此上達	敬此、肅此	謹此、肅此	肅此、敬此
祝安語	叩請金安	恭叩金安	敬請福安	恭請崇安	敬頌福祉	叩請金安
自稱	孫（孫女）	外孫（孫女）	兒（女）	姪（姪女）	甥（甥女）	婿
署名後敬辭	叩上、敬叩	敬叩、叩稟	叩上、謹叩	謹上、敬啓	拜上、謹啓	敬稟、叩上

師長

稱謂	某（姓或名字）老師
提稱語	講座、尊鑑、尊前、壇席、道鑑
啓事敬辭	謹啓者、敬肅者
結尾敬語	耑此奉達、肅此、謹此
祝安語	敬請道安、敬請誨安
自稱	生、受業、學生
署名後敬辭	謹稟、敬上、謹肅、拜上

世交

稱謂	（某）世伯
提稱語	尊鑑、崇鑑
啓事敬辭	敬肅者、茲肅者
結尾敬語	耑此奉達、肅此、敬此、
祝安語	敬頌 崇祺、恭請 崇安、、順頌 崇祺
自稱	晚姪、世姪、晚
署名後敬辭	謹稟、敬上、謹肅、拜上

長官

稱謂	頭銜、（某）頭銜＋先生
提稱語	鈞鑑、台鑑
啓事敬辭	敬啓者
結尾敬語	特此奉達、耑此、肅此
祝安語	敬請 鈞安、恭請崇安（政治界）、敬請 文安、順頌 文綏、即請 籌祉、順頌 籌安（商界）
自稱	職（現為職員）
署名後敬辭	謹稟、敬上、謹肅、拜上

※寫給直系或關係較近的長輩，只寫稱謂，如「父親」「伯父」。

※世交中，伯、叔的稱呼，要看對方年齡和自己父親年齡的比較，較大的稱「世伯或伯父」，較小的稱「世叔或叔父」。

※對於長官，通常稱「鈞長」或「鈞座」或稱對方的頭銜，如「某公部長」、或直接稱「某公」。

平輩：親戚、同學、朋友

文華表姐　雅鑑：

　　自從離開台北以後，一直沒跟你聯絡，非常想念。我打算在一月五日坐華航432班機到台北，不知道你是否方便來機場接我，如有不便，請來信告知。

謹此

　敬請

台祺

妹　雅文　上

稱謂　提稱語

本文

結尾敬辭

祝安語

自稱　署名後敬辭

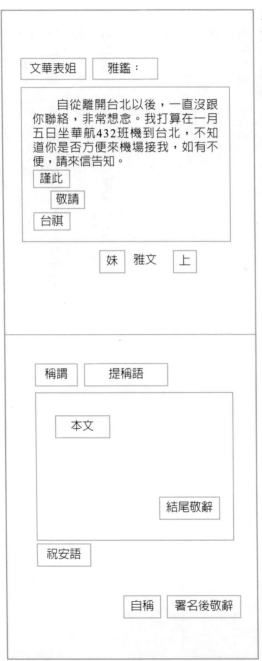

親戚

稱謂	提稱語	啓事敬辭	結尾敬語	祝安語	自稱	署名後敬辭
兄嫂	台鑑、大鑑	（可省）	謹此、耑此奉達	敬請 台安敬候 大安	弟、妹	敬啓
弟（弟婦）	大鑑	〃	耑此、草此	順頌 台祺即請 近安	兄、姐	手啓
姐、妹	惠鑑、雅鑑	〃	草此、專此	順頌 時綏	兄弟姐妹	謹白
吾夫、妻	收覽、如晤	〃	謹此、草此	順候 起居	妻、夫（某）	上
表兄（姐、妹）	大鑑	〃	耑此、謹此	即頌 時祺	表弟、妹	拜啓
內兄弟	台鑑	〃	耑此、謹此	此頌 台綏	姐、妹婿	上

同學

稱謂	提稱語	啓事敬辭	結尾敬語	祝安語	自稱	署名後敬辭
學兄（長）	大鑑、閣下、足下、台鑑	（可省）	謹此、專此、耑此奉達	敬請大安、敬頌時綏	學弟、妹	敬上、拜上
同學	文席、硯席、大鑑、台鑑	〃	耑此、草此、草此奉聞	即頌時祺、順祝台祺	小兄、愚姐	手啓、上

朋友

稱謂	某某先生	某某吾兄	某某小姐	某某
提稱語	閣下、台鑑	大鑑、台鑑	雅鑑	（可省）
啓事敬辭	敬啓者	敬啓者	（可省）	（可省）
結尾敬語	特此奉達	草此奉聞	謹此	（可省）
祝安語	順頌 時綏	順頌 台祺	即頌 時祺	祝健康
自稱	弟、愚	愚、弟	愚	友
署名後敬辭	拜啓、鞠躬	謹上、上	上、謹上	上

※平輩（兄弟朋友）之間的「提稱語」、「結尾敬語」、「祝安語」、「署名後敬辭」可互用。

※在稱謂之前可以加名字，如：「小萍表姐」。

※在世交平輩中，如果交情深厚，可以稱「吾兄」以表示親近。

※在普通白話的書信當中，稱謂較不講究，可以直接稱呼對方的名字。

※在白話書信對平輩的祝安語也較簡單，常用「祝進步」、「祝快樂」等。

晚輩：親戚、學生

康姪　收覽：

　　接到令堂的信，知道你今年的升學考試，不太理想，我們也感到相當意外。你平常認真努力，或許這次太緊張，不過不必難過，下次再加油，一定會如願以償。

教安　近安

舅　偉安　手字

稱謂　提稱語

本文

結尾敬辭

祝安語

自稱　署名後敬辭

親戚

稱謂	提稱語	啓事敬辭	結尾敬語
吾兒、女	如晤、收悉（較親近）	無	無
賢媳（婿）	知悉、如見、如晤	無	無
賢姪、女	收覽、青及	無	無

請安語	順詢日佳、即問近好、附頌日佳	順問近吉、順詢近佳	即頌刻好、順詢近佳
自稱	父、母	父、母（岳父、母）	伯（叔）父、母
署名後敬辭	手書、字、諭、草	白、手示	手白、手字、草

學生

稱謂	某某賢棣
提稱語	青覽、英鑑、清覽
啓事敬辭	無
結尾敬語	無
請安語	順詢日佳、即詢近祺、即問近好、附頌日佳
自稱	愚師（師）
署名後敬辭	字、手諭、手草

※在晚輩當中，用「鑑」字的，是最客氣，用「覽」「睞」等字次之，用「如晤」「如見」則是對較親近的晚輩用的。

※對關係較遠的晚輩才用「賢」這個字，因為比較客氣，而在家族之間，對晚輩的稱呼，不用「賢」字。

※對於晚輩可以直呼其名，也可在名字下寫出稱謂，如「小萍吾女如晤」。

附錄二　柬帖、對聯與卡片

柬帖範例

(一)茶會邀請卡

謹訂於二月十八日（星期六）晚上於隨緣飯店舉行茶會，慶祝我公司成立五週年。

敬請

光臨

多金公司　敬邀

地點：隨緣路1號

敬請賜覆

□出席

□不能出席

姓名：＿＿＿＿

日期：＿＿＿＿

卡片範例

(一)給長輩的感謝卡

李教授道鑒：

日前1承蒙 您熱情招待，非常感謝！在您介紹之下，認識許多臺灣學界的前輩先進，2聆聽教誨，受益良多。謹此敬謝。恭請

教安

高偉立　敬上

二○一七年二月二十五日

3再者，隨卡附寄照片一張，敬請惠存留念。

(二)謝師宴邀請卡

韶華易逝，數年如沐春風，深感於心。驪歌聲響，離別在即，為感謝　恩師啓蒙，生等敬治潔蘆，敬請

蒞臨賜訓

○○系○年全體畢業同學　鞠躬

時間：民國○○年○月○日（星期○）　晚上六時

席設：○○市○○路○○號○○飯店○樓○○廳

㈡給老師的教師卡

陳老師：

感謝您不辭辛苦的教導我們，在這一年一度的教師節，敬祝佳節愉快。

生　偉立　小麗　文華同賀

二〇一七年九月二十八日

㈢情人卡

親愛的小麗：

在七夕的晚上，牛郎織女星辰的見證下，承諾我們的感情直到永遠。祝情人節快樂

偉立　賀

二〇一七年八月十九日

對聯範例

(一)名人對聯

七十二健兒酣戰春去湛碧血
四百兆國子愁看秋雨濕黃花
〈黃興挽黃花崗七十二烈士〉

風聲、雨聲、讀書聲，聲聲入耳
家事、國事、天下事，事事關心
〈(明)顧憲成〉

(二)春聯

一般春聯

天泰地泰三陽泰
人和事和萬事和

花開春富貴
竹報歲平安

商界春聯

門迎曉日財源廣
户納春風吉慶多

生意興隆通四海
財源廣進達三江

附錄三　讀書計畫

一、為什麼要寫讀書計畫？

無論是大學甄試還是申請研究所，都需要提供一項有關自己未來學習的計畫，讓審核委員有足夠的資訊來評估申請者的能力。一般來說，申請學校憑藉的資料包括推薦信、學習的成績證明（包括在學時的成績單，或能力考試的成績像學測、托福、GRE等），除此以外就是個人的讀書計畫。推薦信完全由推薦人決定書寫的內容，考試的成績也是積年累月的結果，唯有讀書計畫，可以展現申請者的組織能力，突顯自己的特色，表現個人的企圖心。而審核的教授會根據這個計畫書的內容，來了解學生的觀念、態度、能力等問題，以決定是否錄取。雖然這個計畫書未必是決定性的文件，但是也具有點睛的功效，對於參加推甄的同學是很重要的，而且由經驗看來，教授也常常以此內容作為口試的話題，所以必須縝密嚴謹的規劃讀書計畫的架構。

二、讀書計畫要寫什麼？

「讀書計畫」顧名思義，就是要寫未來求學期間的讀書規劃，因此內容必然以學習計畫為主。包括下面幾項：

1. 個人特殊的能力和優點：在文章中要謙虛誠懇地表現出自己與眾不同的才能，但不要炫耀，藉由實例來證明自己的優點。比方遇到挫折時如何面對。
2. 對未來學習目標的明確性：肯定而且明確地說明未來研究學習的方向，並且闡明學習的動機。
3. 對所選科系的熱誠與期望：表現出對即將進入的科系的熱情與期待，從何時開始就期待進入這個領域。
4. 說明為什麼選擇此科系或學校的理由：是因為個人的興趣，還是未來的理想，還是家人的期望，只要誠懇的說明，就會獲得審核老師的認同。
5. 表現自己有系統的組織能力：規劃要有系統，章節要分明，以顯現自己的組織能力，說明清晰，條理分明，以展現自己的邏輯分析能力。
6. 對自我的期許與要求：在計畫中要表現自信心，充滿期望，相信自己在未來的學習當中，必定有所成績。
7. 詳細規劃未來的時間安排：清楚規劃未來時程，在各個階段有不同需要完成的工作目標。
8. 具體說明實現自己目標的方法：明確並且具體條列出實現目標的方法，比方參與某項實驗計畫或研究工作。
9. 陳述各階段需要進行的學習重點：在不同階段有不同的學習重點，以突顯按部就班完成目標的程序，而不會讓人產生不切實際的疑慮。
10. 表現出確實達成目標的決心和毅力：所有的計畫必須要有實踐的決心，計畫最後一定要呈現出完成目標的毅力。

三、要如何寫好讀書計畫?

「讀書計畫」是為了讓審核的老師了解申請人是否有選讀這科系的潛力，因此寫作的重點主要在於明確地呈現自己的專業能力，而不是要表現文采的華麗。

「讀書計畫」的寫作原則

1. 要言簡意賅，不要長篇大論。字數及篇幅不必過多，只要切中重心，以簡明扼要為原則。
2. 要層次分明，不要重複累贅。條理要清楚，逐點說明，同樣的話題不要一再重複，讓審核老師產生厭煩。
3. 要淺顯易懂，不要艱澀華麗。文字不必華麗，讀書計畫不是在大作文章，而是讓審核老師明瞭你的學習計畫，評審委員是沒有時間去推敲你的文字的。寫作的時候盡量清楚明白，抒情式的描述方式也盡量避免。
4. 要具體明確，不要籠統含糊。文字要具體明確，不要太多形容詞，也不要用模糊、概略性的語言，而是要具有個人色彩的文字。
5. 要切中主旨，不要離題太遠。主題要清楚，不要為了充字數而把不相干的事牽扯進來。
6. 要突顯優點，不要自暴弱點。不要為自己的弱點作說明，反而形成不佳印象。

「讀書計畫」的段落安排

第一段：說明選擇此科系的理由
第二段：說明個人的學習背景
第三段：說明個人的專業領域
第四段：說明未來學習的內容、修課的計畫

第五段：預定的時程，以及預期達成的目標

第六段：學成之後的打算

四、讀書計畫有特別的形式嗎？

「讀書計畫」並不像書信般有固定的格式，但是為了讓審核老師一目了然，最好是提供最佳的形式，博取老師的注意，留下深刻的印象。

1. 製作封面：將個人簡歷寫在封面，如姓名、畢業學校申請學校、科系。
2. 目錄及大綱：為了讓審核老師清楚地了解你的計畫，不妨條列讀書計畫的大綱，並寫上頁碼，老師可以很輕鬆、有條理地找到想要看的內容。
3. 計畫內容：按照前面的段落安排，逐段書寫。
4. 結語：最後可以寫一些較為感性的話語作為結束。

五、範例

醫學院學生林同學

考取醫學系以後，最重要的莫過於訂立一份未來生涯的大綱，細細檢視築夢過程的每一步，配合對自己的期許與價值觀，勾勒出往後學習以及行醫的藍圖。終身學習，保持對周遭人與物的熱愛，將是我奉為圭臬的基本原則：我將會以此為基準，按部就班地完成每一階段的目標，認清自己前進的方向，避免「坐這山，望那山」這要不得的心態，逐步構築我理想中的醫者生涯。

(一)近程（從通知錄取到九月中開學這幾個月）

朝向Strong、Agile，and Clever——

1. 我將會熟讀高中生物及化學，並預習大學生物以及普通化學，替自己將來在銜接大學時能夠更加遊刃有餘。
2. 我熱愛閱讀，幾本之前買來的英文小說，如《Notebook》以及《War of the Ancients Trilogy》我將會好好地享受一回；此外，睽違已久的北美館、MOCA和光點台北，將會是我這段時間最常出沒的地方。
3. 有鑑於英文在未來生活的重要性，我會參加短期英文為寫作與表達的短期訓練班，厚植自己外語的實力。
4. 強健的體魄是完美人生不可或缺的要素，尤其是游泳以及籃球這兩項我自小就喜愛的運動，每週至少打球三小時，游泳1000公尺，揮灑汗水之餘，還可以把因讀書而略微走樣的身材調整回來。
5. 多方發展興趣也是這時期的重點，吉他是我一直以來想學習卻苦無時間觸碰的其中一個項目，此時不學，更待何時？
6. 滿足自己對「吃」的熱愛，我將會學習做菜，四處探訪美食小吃，並架設部落格，發表美食心得和生活札記。

(二)一、二年級時，強化基礎科目，培養人文關懷

1. 此階段所學與醫學關係似乎較小，然而這正是我們能夠多元思考及學習的黃金時期，多方涉獵各領域的知識，塑造正確的讀書態度。
2. 除了參加吉他社之外，我還會參與服務性社團，到偏遠地區照顧當地兒童及老人，或是出團到小漁村或農村，探訪老一輩的人，作初步的健康訪問，並從噓寒問暖中排解他們心中的孤寂。
3. 初步嘗試寫作，將觸角伸向我所生活的世界，翔實地記錄有關生命的一切，培養將來行醫時敏銳的觀察力。
4. 閱讀托爾斯泰《戰爭與和平》、《安娜・卡列妮娜》；Jane Austine《Pride and Justice》；村上春樹《挪威的森林》、《海邊的卡夫卡》——小說就像是真實的人生，只是拿掉了令人乏味的部分——從閱讀中，我將學習以不同的角度，看待這社會不同的一面。

(三)三到五年級，全力以赴，面對醫學專業科目

1. 課程在此時會加深加廣，我將不敢懈怠，為往後臨床實習奠定穩固的基礎。
2. 接踵而來的沉重壓力，正是我一二年級時培養的讀書態度及最好的試金石。
3. 藉由和同學們討論問題，培養溝通技巧與團隊合作的能力，我相信這將會是每一個醫師都要具備的能力。

(四)大六以後，逐步邁入醫療實習

1. 參與臨床實習，我將會以最謙卑的心、最柔軟的姿態，以及最敏銳的觀察來學習。在見習階段所接觸的人事物，將會是我這一個即將披上白袍的小子最寶貴的經驗。
2. 參考學長姐的意見以及我的興趣，作為未來專科發展的依據。

3. 考取醫師執照後，我將會思考往後的發展方向，要到地區醫院擔任第一線醫師，還是到醫學中心從事臨床、研究，走教學並重的模式，亦或是自行開業。歷經專業的醫學薰陶，擁有比以往更成熟的想法，相信此時是我決定未來走向最恰當的一刻。

㈤步入社會，以圓融而積極的態度面對人生

1. 醫師的生活往往比其他職業承擔更多的壓力，從大學時期培養的多元興趣，此刻正可以幫助我舒緩身心，作為忙碌生活的調劑。
2. 脫離學校的理論課程，面對的不再是厚重的教科書，取而代之的則是一個個活生生的病歷。每個病人都是我的教材，我必須以謙卑的心，感謝他們在我行醫的路上幫助我成長茁壯。
3. 身為一個醫生，是從來沒有「退休」二字可言。對於人們的關懷及愛心，並不會隨著片面的退休或是時光的消逝，而趨於平淡。相反地，我的熱誠及信念，將會以服務及義工的方式回饋社會，而不再被「工作」二字設限。所謂醫者，並不是一份單純的工作，而是能夠終身從事的職志。

國家圖書館出版品預行編目資料

現代應用文／信世昌主編. -- 第二版. --
臺北市：五南, 2019.03
面；公分
ISBN 978-957-763-237-1（平裝）

1.漢語 2.應用文

802.79 107023321

1XZP 應用文系列

現代應用文（第二版）

社會生活必學技法，讓你一學就上手

主　　編 — 信世昌
作　　者 — 信世昌（470）　舒兆民　陳懷萱　林金錫
林巧婷
發 行 人 — 楊榮川
總 經 理 — 楊士清
副總編輯 — 黃惠娟
責任編輯 — 蔡佳伶
校　　對 — 卓芳珣
封面設計 — 王麗娟
出 版 者 — 五南圖書出版股份有限公司
地　　址：106台北市大安區和平東路二段339號4樓
電　　話：(02)2705-5066　　傳　　真：(02)2706-6100
網　　址：http://www.wunan.com.tw
電子郵件：wunan@wunan.com.tw
劃撥帳號：01068953
戶　　名：五南圖書出版股份有限公司

法律顧問　林勝安律師事務所　林勝安律師

出版日期　2007年11月初版一刷
2019年 3 月二版一刷
定　　價　新臺幣320元